Takaaki Kaima
櫂末高彰
Illust. 笹井さじ
村長スキルで
異世界!! まったり生活も
余裕ですか？

「そうか……。
夢じゃなかったのか」
村野長船
「私が村長ですノート」を
手に入れ、異世界に村長として
転生した元社畜。

「私、悪くないわよねっ？」
ミューナ
やたらプライドが高い
女神見習い。
ノートを落とした罰として
長船と下界で暮らすことに。

「次は当てる。警告したよ」
アウラ
村の外れに一人で暮らしている。
悪魔の力を持つとして
村に拒絶されていた。

「ようこそ、ムラノ村の村長さん」
ニンファ
森の奥でひっそりと暮らす
高潔なエルフ超絶美女。
妖精たちを従えている。

「村長命令だ。
お前の本心を言え」
「……んむっ。
そ、それはっ」

「ああっ♪
そこっ♪
そこですぅっ♪」

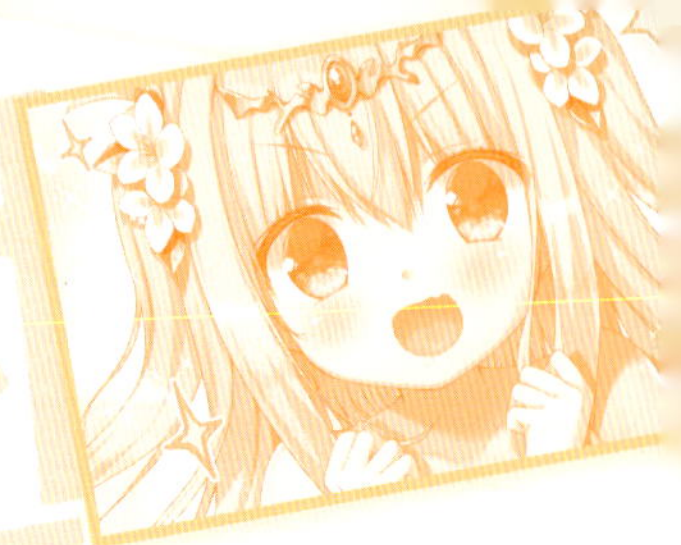

Contents

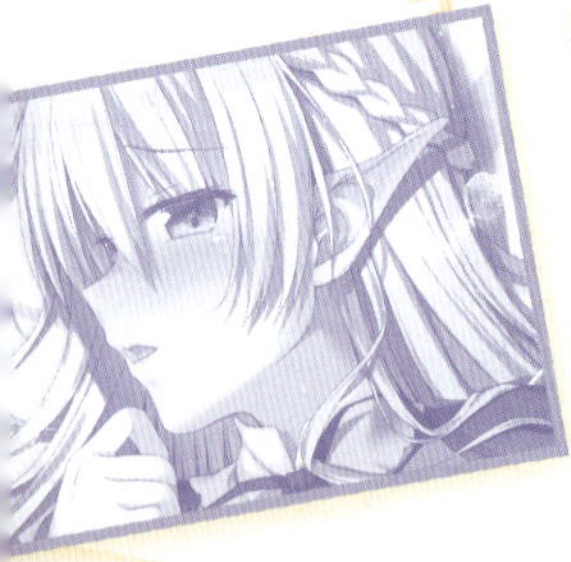

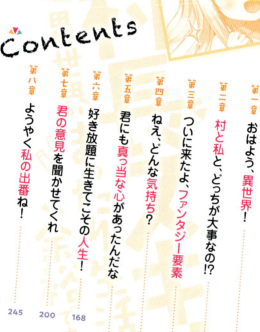

ダッシュエックス文庫

村長スキルで異世界まったり生活も余裕ですか?

櫂末高彰

そのノートに名前を書かれた者は皆……村人になる。

第一章 おはよう、異世界!

目の前で母親らしき女性が深々と頭を下げている。

「このたびは、うちの娘が本当にすみません！」

彼女の隣には中学生くらいの女の子がいて、母親（多分）に頭を押さえつけられるようにして頭を下げていた。

「ああ、いえ……。ええと……」

そこで俺は周りの景色に全《まった》く見覚えがないことに気づいた。ほんのりと光に包まれた穏やかな空間で、立っているだけなのに気持ちが安らぐ。

こういう感覚、久しく感じてなかったな。

苦笑し、それから頭を押さえる。

あれ……？　俺、何でこんなとこにいるんだ？

「その様子ですと、ご自身に起きたことをまだ理解していないようですね」

母親（恐らく）が恐る恐るといった様子で顔を上げた。

ビックリするくらいの美人だ。

濃いめの金髪に雪のように白い肌。睫毛《まつげ》が長く、金色の瞳は少し垂れ目でおっとりとした印象だ。鼻筋が程よく通っていて薄めの唇は艶《あで》やかなピンク。かなり露出の高い純白のワンピースを身に纏《まと》っている。

物理的にも輝いているのではないかと感じるほど目映《まばゆ》い女性だった。

「村野長船《むらのおさふね》さん。貴方《あなた》は、この子のせいで死んでしまったのです……」

ん？　今、何て言った？

思いがけない言葉に首を捻《ひね》る。目の前の女性は申し訳なさそうに俺を見つめた。

あー……これは嘘吐いてる感じじゃないな……。でも、本当に？

自分の体を見下ろす。

全裸だった。

「おうっ。すみません……」

急いで前を隠す。こんな美人の、しかも（恐らく）人妻の前で素っ裸を晒《さら》してしまうとは。

通報ものだな。

「大丈夫ですよ。魂だけになると、皆さん、そうなりますので」

ところが女性はニコニコと優しい笑顔を向けてきた。何て良い人なんだ。女神かな？　いや、そんなこと今はどうでもいい。

「あの……俺が死んだっていうのは……？」

「はい……。申し訳ないことに……」

「冗談、じゃなさそうっすねぇ……」

何か着るものはないかと左右を見つつ返すと、女性がまた頭を下げた。

「申し遅れました。私は女神アローナ。皆さんの運命を管理している女神です」

うわ、この人、自分のこと女神って言ったよ。いくら良い人そうでも、自分で言っちゃうのはちょっと違う気がするなあって……本当に女神なのか？

「そしてこの子は娘のミューナ。村野さんが鉄骨の下敷きになるきっかけを作ってしまった女神見習いです」

女神見習い？　女神って職業だったのか。知らなかった。

「確かに私たちは神族ですけれど、正式に女神として皆さんのことを見守る職に就《つ》くためにはきちんとした研修を受ける必要があります」

「なるほど。研修は大切ですよね。そこを疎《おろそ》かにするから、うちの会社は……あれっ？　何で俺の心の声が聞こえてるんですか？」

「女神ですから」

ニッコリ微笑《ほほえ》まれた。ああ、癒《いや》されるなあ……。いや、待て待て待て。

俺は額に手をやって自分のことを思い出してみた。

名前は村野長船。当年二十九歳の社畜《しやちく》真《ま》っ只中《ただなか》。勤めているのはテレビのテロップ制作を請け負う会社で自分の部署は制作されたものにミスがないかチェックする――

そこまで思い出したところで、ある光景が脳裏《のうり》を過《よ》ぎった。

夜道にバサリと落ちた一冊のノート。

振り向き、それを見つけた俺は――

「あのとき、か……」

社畜辞めますか？　それとも人生辞めますか？

そんな文章が画面に映し出されている。

いや、これは幻覚だ。軽く首を振っただけで消えてなくなる。

俺は凝《こ》り固まった首をもみ、目頭《めがしら》を押さえた。

「おい、村野！　どういうことだよっ？」

ろくでもない職場だ。

「勝手にシフト弄《いじ》ってんじゃねえよ！　何だよ、これ！」

まともにシフトも組めない癖《くせ》に無駄に喚《わめ》いて偉そうにしている現場責任者がまた騒いでいる。

ちなみにそれを弄ったのは俺じゃなくて昨日のあんただ。

「そんなんだからミスが減らないんだよ！」

専《もっぱ》らミスを犯してるのは俺じゃなくて、あんたの大好きな夜勤のあいつだよ。俺がかなりの数、事前に修正して事なきを得ているけれど、俺がいないとき、あいつがやらかしてるんだ。もはや、いない方が良いレベルだ。

「こないだも勝手に残業しやがって！」

告げ口したのは、あんたとデキてるって噂《うわさ》の中年女だろうな。あの中年女が全く仕事をせずネットで遊んでいたせいで大量にチェック項目が残ってたから、仕方なく、ある程度こなしておいたんだ。こっちもさっさと帰りたかったよ。

「聞いてんのか、てめえ⁉」

「聞いてますよ」

振り向き、目を見て答える。

途端に現場責任者は目を逸《そ》らし、「お、おうっ」とだけ言って席に戻っていった。

ろくでもない職場だ。

現場責任者は管理能力がまるでない。課長と仲が良いというだけで今のポジションにいる。その課長はろくに現場を確認せず、たまにやる気のある契約社員が現場の苦情を挙げても上辺だけの対応をして全く改善されない。

万年人手不足なので随時《ずいじ》、募集をかけて採用するが、新人研修がまるで為されていないので新人が全く使いものにならない。たまに真面目《まじめ》な奴が俺や数少ないまともな社員に質問をしてくるので、こっちが一から教えて育てている。

ところが、そんな真面目な奴を潰すのが現場責任者とデキてると噂の中年女だ。奴は遅刻や無断欠勤の常習犯なのだが、現場責任者がやたらと庇《かば》ってお咎《とが》めなしな上、仕事上のルールを無視しまくっているのに叱責《しっせき》一つない。

こいつが新人にいい加減なことを言ったり気に入らない相手にはパワハラをしかけたりするので、真面目な奴ほどすぐ辞めてしまう。こうして万年人手不足は解消せず、ミスも発生する。それなのにテレビ局からの発注を失わないのは、役員同士がべったりだからのようだ。

本当に、うんざりだ。

勤務時間を終え、他人の尻ぬぐいをしていると現場責任者がうるさいので、放置して帰る。ここに就職して六年経つけれど、自分が摩耗《まもう》しているのを感じていた。

社畜辞めますか？　それとも人生辞めますか？

余計な幻覚を振り払い、会社を出て夜道を駅まで歩く。この時間はいつも人通りがない。ふと左を見ると更地《さらち》だったところが工事現場に変わっていた。ビルか何かが建つのだろう。道路のすぐ側に鉄骨が積み上げられていた。随分《ずいぶん》と杜撰《ずさん》な管理体制だな、どこの建設会社だよ？と思いつつ通り過ぎる。

そのとき、背後でバサリと音がした。

「？」

何か軽いものが落ちてきたような音だった。

反射的に振り向く。通り過ぎたばかりの道にノートが一冊落ちていた。

オフホワイトの大学ノートのようだ。明るい色なので夜道でも目立つ。俺は空を見上げてみた。どこか近くの建物か、ひょっとしたら木に引っ掛かっていたものが落ちてきたのかと目を凝らしたが、それらしきものはどこにもない。ぼんやりした夜空があるだけだ。

「どこから落ちてきたんだ？」

何となく興味が湧いたので少し戻り、ノートを拾う。やはり何の変哲もない大学ノートのようだ。表紙にくさび形文字のようなものが書いてある。頁《ページ》を捲《めく》ろうとしたとき、すぐ側で耳障《みみざわ》りな金属音が響いた。

「えっ？」

覚えているのは、そこまでだった。


「あーっ……。死んだのか……。俺、ノート拾ったせいで鉄骨の下敷きになったのか……」

あの建設会社、管理、杜撰過ぎだろ……。多分、現場に入ってるのは、安い賃金で働かされている下請け会社なんだろうけどな。

「思い出していただけましたか？」

美人の女神様が眉《まゆ》をハの字にして尋ねてきた。「はい」と答える。自分でも驚くくらい声に力がなかった。俺の人生、短かった……。

「本当に、このたびは何とお詫《わ》びすれば良いのかっ……！」

また女神アローナ様が深々と頭を下げた。そういえば、この女神様、何で謝ってるの？

「実は、村野さんが拾ったノート……。この子が落としたものなんです……」

「ああーっ！　そういうことかーっ……」

いまだ母親に頭を押さえつけられたままの女の子に目をやる。

「まあ、俺がノートを拾おうとしなければ、事故に巻き込まれることもなかったんですから。そんなに気にしないで下さい」

死んだ実感がないからか、俺はそんなフォローを入れた。女の子にトラウマを植え付けることになってても寝覚めが悪いからだ。死んでて寝覚めも何もないけれど。

「だよね！」

ところが俺の言葉に女の子——ミューナだったか——が母親の手を振り払って顔を上げた。目を爛々《らんらん》と輝かせて俺を見る。

「私、悪くないわよねっ？　だって、ちょっとノート落としただけで、すぐ拾おうとしたもん！　それなのに、そこのオジサンが勝手に拾っちゃって。そしたら鉄骨が転がり落ちるし、私もあんなの予想できないわよ！」

オジサン……俺、ギリ二十代なんだけど、まあ、いい……。しかし、この娘、全《まつた》く反省の色がないな。

「ミューナ‼」

呆《あき》れる俺の代わりにアローナ様が怒鳴った。娘を容赦《ようしゃ》なくビンタする。おっとー？　優しそうな女神様だと思ってたのに。

ミューナはビンタ一発で数メートル吹っ飛び、ゴロゴロ床を転がった。何、その威力。

「いったーい！　ママ、そんな叩くことないでしょ！　オジサンだって自分が悪かったって認めたじゃないの！」

「村野さんはそんなこと言ってません！　貴女《あなた》のことを気遣ったんです！　本当に貴女は反省しない子ね！」

走って戻ってきた娘を捕まえ、腕を取って関節技を極《き》める。「ママ、ギブッ……ギブッ……」と娘が床をタップするがアローナ様は一向に力を緩《ゆる》める気配がない。女神様、怖い。

「あのー……」

俺は親子ゲンカ中の神様に声を掛けた。

「俺、これからどうなるんですかね？」

決して品行方正な人生だったとは思わないが、不慮《ふりょ》の事故なので天国行きにしてもらえると嬉しいなあ。

そんなことを考えていると、「失礼致しました」とアローナ様が笑顔で答えた。ちなみに娘の腕は極めたままだ。娘が俺を思いきり睨《にら》んでいるが、俺のせいじゃないよな？

「このたびは私どもの手違いで村野さんを死なせてしまいました。ですので、そちらのご希望に添う形で転生していただければと……」

本当にすまなそうな顔でアローナ様が言う。もう一度言うが、娘の腕は極めたままだ。

「転生、ですか……」

その言葉には、正直、あまり気分が乗らない。また別の人生を歩むことになったとして、あの世界でブラックな日々を回避できるとは思えなかった。

「同じ世界には転生できませんけれど、可能な限り、村野さんのご希望に添う世界への転生をお約束致しますっ」

「同じ世界には転生できない？」

その一言はまさに福音《ふくいん》だった。「本当に申し訳ないことです」と悲しそうな顔をする女神様に俺は大きく首を振る。

「願ってもないことです！　正直、あそこはもういいというか……出来ればもっとゆったりのんびり、あ、そうそう。俺、田舎《いなか》暮らしに憧れてたんですよ」

都会の喧噪《けんそう》とクソみたいな人間関係に煩《わずら》わされながら生きてきたので、人の少ない田舎で、のんびり過ごすというのが理想だ。

「はあ……田舎暮らしですか？」

アローナ様はあまりピンと来ていないようだった。

「そうです！　なるべく人の少ない自然豊かな田舎でのんびり過ごしたいんです！　何だったら体もこのままでいいですよ。転生なんて言われても、余生を過ごすくらいの感覚です」

「なるほど……。ご希望なら王侯貴族の子弟として生まれ変わることも出来るのですけれど、それで村野さんが構わないと仰《おっしゃ》るのでしたら、それで……」

「是非《ぜひ》！　ゆったり暮らせる田舎に転生、お願いします！」

「分かりました。それでは――」

「ママ……本当、ギブだからっ……。腕、折れるって……」

ミューナが死にそうな声を上げた。「あら」とアローナ様が手を離す。誤魔化《ごまか》すように「おほほほ」と笑った。

「大げさなんだから、この子ったら」

娘さん、顔が青ざめてますよ。

「もうヤだ……。謝ったんだから、いいでしょっ」

ぶすっと口を尖らせるミューナ。おや？　そういえば君の口から一言も謝罪の言葉を聞いていないような……。

「いいえ。そうはいきません」

アローナ様がキッと眉根を寄せる。

「貴女には、村野さんと一緒に下界に降りてもらいます」

「「何で!?」」

ミューナとハモってしまった。本当に何でだ？　この子が転生先についてくる意味は何もないはずだが。

「それが、あるんです。村野さん」

あ、また心を読まれた。

「村野さんが先程拾ったノートですが、あれは大切な神器なのです」

「へえ、そうだったんですね」

「その神器が、鉄骨に潰された衝撃で村野さんの魂と癒着《ゆちゃく》してしまいました」

「俺の魂と癒着……癒着？」

「この場合の癒着は、不正を行ったりする方の癒着ではありません」

「あ、そこは問題にしてないんで。大丈夫です」

俺は素っ裸の自分自身をしげしげと観察してみた。どこにもノートらしきものは張りついていない。

「ノートのことを思い出しながら手を振ってみて下さい」

「こうですか？」

女神様に言われた通り軽く手を振ると、空中にオフホワイトの大学ノートが浮かび上がった。

ご丁寧《ていねい》にも万年筆までついている。

「おお、出た」

「そのノートと万年筆は村野さん以外、下界では誰にも見えませんし、触ることもできません。村野さんだけがいつでも使える神器です」

「へーっ。で、このノート、何なんですか？」

ノートを手に取り、何となく頁《ページ》を捲《めく》りながら尋ねた。

「そのノートは『私が村長ですノート』と言います」

「私が村長ですノート？」

「略して『ですノート』です」

「略し方！　略し方がおかしい！　『村長ノート』でいいだろっ」

「まあ」

アローナ様が目を丸くして口元に手を当てる。

「斬新《ざんしん》な略し方ですねっ。気づきませんでした」

「嘘つけ！　『村長ノート』のどの辺に斬新さがあるんですか！」

「うふふふふ。村野さんは面白い方ですね」

「あなたほどではありませんよ」

「そのノートを持つ者は村長になれます」

「話、進めるんですね。まあ、名前通りといえば名前通りですけど……」

パラパラと頁を捲ってみる。ノートには罫線《けいせん》が引いてあるだけで、ほぼまっさらだった。

「今はまだ誰の名前も書かれていませんけれど、そこに名前を書き込むと、その者は貴方《あなた》の村の村人になります」

「本当にそのまんまな能力だなあ」

俺は万年筆を手に取り、試しに筆を走らせてみた。おお、ちゃんと書けるぞ。

「使い方をざっと説明しておきますと、村人にしたい相手を見ながら、その者の名前をノートに書き込むだけです。名前は本名を正確に書く必要はありません。通称でも綽名《あだな》でも偽名であっても構わないんです」

「えっ？　偽名でも良いんですか？」

「これから転生していただく世界は、まだ戸籍が整備されていないもので。はっきり言って本名なんてきちんとしている方が少ないくらいなんです。ですから、どんな呼び方であろうと、本人が自分のことだと認識している名前を書けばオッケーです」

かなりアバウトな使用条件で助かる。まあ、相手を殺すような物騒なものじゃなくて、村人にするだけなんだから、その程度の制約で構わないんだろう。

「細かい使用方法などは表紙を開いたところにまとめてありますので、後で読んでおいて下さいね。それで……」

アローナ様の腕がニュッと伸び、こそこそ逃げようとしていた娘の襟首《えりくび》を引っ摑《つか》んだ。ずるずる引き戻す。

「いーやー！　何で私がそこのオジサンと一緒に下界に降りないといけないのよーっ。そんなの意味分かんなーい！　ヤだー！　絶対ヤだーー！」

じたばた暴れる娘を見下ろし、女神様は冷徹に言い放った。

「貴女がノートを落としたせいでこんなことになったんでしょう？　きちんと責任を取りなさい。これも立派な女神になるための試練です」

「もーっ。だからって何で下界に降りる必要があるのーっ？　私に何させる気よーっ」

「簡単なことです」

アローナ様がニッコリ微笑《ほほえ》む。

「ミューナ。貴女は下界で村野さんのサポートをしなさい。そして、彼が亡くなったら『デスノート』を回収して戻ってくるのです」

だから略し方！　って、俺が死んだらノートを回収……？　ということは。

「ええーっ？　私、そんなに長く下界にいないといけないのーっ？」

「大した時間ではありませんよ。せいぜい八十年くらいです」

「十分、長いよーっ。ママみたいなオバサンの八十年と私みたいな若者の八十年は価値が百倍くらい違うんだよ！」

「あらあら、ミューナったら」

一瞬にしてミューナの腕が極まった。この女神様、かなりの手練《てだ》れだ。

「痛い痛い痛いっ……！　ねえママ、許してよーっ……」

「貴女がもう少し反省していれば他の方法も考えたのですけれど、さっきから全《まった》く反省の色が見えません。ですので私も心を鬼にして貴女を下界に降ろします！」

「ヤだーっ……！　下界になんて行きたくないーっ……。こっちで女神として偉そうに振るまいながら、だらだらごろごろして過ごしたいーっ」

ミューナが涙目になって叫ぶ。己の欲望に素直な子だなあ。

「ダメです。それでは村野長船さん、この子をよろしくお願い致します。存分にこき使って下さって構いませんからねっ」

にこやかに俺に微笑むと、女神アローナは空いている手で軽く手を振った。

「え……あ、はい……。というか、もう転生するんですかあああああぁぁぁっ……」

そこで一旦、俺の意識は途切れた。

「……ぁぁぁあああああああ!?」

ガバッと飛び起きる。

シャツにまとわりつく寝汗が気持ち悪かった。

掛け布団を払いのけ、ハアと息を吐く。

「夢か……」

変な夢だった。というか、どこからが夢なのだろう？　俺は昨夜、帰宅途中で――

「んんん……」

隣で変な声が聞こえた。ビクッと震えてしまう。そこでベッドに違和感を覚えた。いつも寝ている部屋のものとは違う。ダブルベッドくらいの広さがあり、簡素な木製の造りだ。そして俺の隣には中学生くらいの女の子が寝ていた。

「何てこった……」

頭の中でパトカーのサイレンが鳴り響く。違うんです、お巡りさん。

などと一人で言い訳していると女の子が寝返りを打った。

「あ……」

その顔を見た途端、思い出す。濃いめの金髪に長い睫毛《まつげ》は母親そっくりだ。口を半開きにして寝息を立てている彼女はミューナ。下界に落とされた女神見習い。

「そうか……。夢じゃなかったのか」

あの世（？）での女神様との会話が蘇《よみがえ》ってきた。自分は本当に異世界転生したようだ。つまり、これから田舎《いなか》でのんびりライフを満喫《まんきつ》できる！

そう思うとテンションが上がってきた。室内を見回す。西洋風の内装で、質素な雰囲気《ふんいき》がいかにも田舎だ。窓のカーテンを開ける。眩《まぶ》しい朝日が差し込んできた。

「清々しい朝だなっ。おはよう、異世界！」

窓ガラスから見える景色を眺めていると、隣のミューナがもぞもぞ蠢《うごめ》く。

「うーん……。ママ〜、まだ眠い〜……」

寝ぼけ眼《まなこ》で俺に抱きついてきた。待ってくれ。それは事案になる。

「もうちょっとだけ〜……。いいでしょ、ママ〜……ママ？　ママ⁉」

ガバッと女神見習いが顔を上げた。目をこれでもかというくらい見開く。

「いやあああああああああっ！　何すんのよおおおおおおおおお⁉」

「こっちの台詞《せりふ》だ」

ミューナは掛け布団を引っ摑んでベッドから転がり降り、俺から距離を取ると布団を纏《まと》ってぷるぷる震え出した。

「私に乱暴する気でしょ！　エロ同人みたいに！」

「そんな台詞どこで覚えた？」

「オジサンが私みたいな美少女にあんなことやこんなことするのなんて定番じゃないの！」

「現実と虚構の区別をつけろ。あと、自分で美少女とか言うのはどうなんだ？」

ベッドから降りて素足で床に立つ。靴《くつ》を探すとサンダルっぽいものがあったので、それを履《は》いてみた。サイズは合うのでこれでいいだろう。

「私、本当に下界に降ろされちゃったんだ……。どうしたらいいの……？」

ミューナが芋虫《いもむし》のように丸くなってぶつぶつ呟《つぶや》いていた。俺はこれから生活する家の中を見て回る。部屋数はそんなに多くないようだ。壁際にベッドのある部屋にはテーブルもあるので居間兼寝室ということなのだろう。隣を覗《のぞ》くと台所だった。

「ん？」

そこで首を傾《かし》げてしまう。シンクや調理台はあるが、蛇口《じゃぐち》が見当たらなかった。竈《かまど》も薪《まき》をくべるタイプのものだ。鍋《なべ》や釜、皿、コップに包丁等、調理器具や食器は十分な数が棚《たな》に収められている。

そして大きな甕《かめ》があった。蓋《ふた》を取ると中には透き通った水がなみなみと入っている。

「…………」

水を見ていると喉《のど》が渇《かわ》いてきたので棚からコップを取り出し、甕の蓋に載せてあった柄杓《ひしゃく》を使って水を掬《すく》った。一杯、飲んでみる。

「あー、うまい」

常温だけど、普通に美味《うま》かった。

蓋を戻し、コップをシンクに置く。

「まさか、これって……」

「ふへへへへへへ……。そうよっ。簡単なことじゃない……！」

気持ち悪い笑い声に振り向くと、ミューナが包丁を手に女神がしてはいけないような邪悪な笑みを浮かべていた。

「ママは、あいつが死ぬまでって言ってたんだから、ここであいつをヤっちゃえば万事解決じゃないのっ……！　そうよ。これでひと思いにっ。そうすれば、私は帰れるんだっ」

ああ、目がヤバイ。あれは現場責任者の理不尽なシフト組みのせいで三日間徹夜作業を強《し》いられた新人くん（三ヶ月で辞めた）の四日目の朝くらい追い詰められた目をしている。

「村野、長船だったたっけ……？　ここで二度目の人生も終えてちょうだい……！」

ガンギマリした目で金髪の美少女が俺に包丁の刃を向けた。これ完全にアウトな絵面《えづら》だろ。

包丁持つ手がめっちゃ震えてるし。

「落ち着け、ミューナ。そんなことしたって、また母親に叱《しか》られるだけだぞ」

冷静に声を掛ける。彼女が俺の顔をじっと見た。

「ママに叱られる……？　そうね。でも、ママは私のこと大好きだからっ、最後にはきっと許してくれる！　そうよ！　ママだって本当は私と離ればなれになんてなりたくないはずだもん！　泣く泣く下界に降ろしただけだもん！　だからすぐ帰れば喜んでくれるもん！」

追い詰められた少女は自分に都合の良い解釈を並べだした。あ、これ本格的にまともな判断ができなくなってるやつだ。

「だから死んでよ！　あんたが死んだら、みんな幸せになれるのよぉ‼」

「俺は幸せになれてないよな、それ？」

　思わず言い返してしまった。

「いやあああああああああああああ！」

　案《あん》の定《じょう》、キレた女神見習いが包丁を腰だめに構えて突っ込んでくる。おいおい本気で刺しにくる体勢だぞ。

　ガンッ、と不可視の壁がミューナの突進を妨げた。

　もしくはギリギリで体が動かなくなったのか。

　ともあれ、俺の腹に包丁の刃は届いていない。それ以上、押し込むことができないことに気づいたミューナは全《すべ》ての希望を失ったような顔で俺を見上げた。

「何で……？」

　こんな絶望感溢《あふ》れる「何で？」を聞いたのは初めてかもしれない。

「そうだな。簡単に説明すると、君は俺に危害を加えることができないんだ」

　そう言いつつ、軽く手を振った。手許に「村長ノート」が現れる。略称は「ですノート」ではない。

「さっきパラパラっと頁《ページ》を捲《めく》ったとき、少しだけ見えたんだよ。ノートの使用方法の後に『村の掟《おきて》』っていう項目もあってな。その一つに『村人は村長に危害を加えることができない』って書いてあるんだ」

改めて見間違いでないことを確かめた。まあ、見間違いだったら今頃、俺は第一の人生も終えていたわけだが。

「え……？　待ってよ……。それって『村の掟』でしょ？　村人に適用されるものでしょ？　私は関係ないじゃない……！」

「何言ってんだ、ミューナ」

俺は彼女に優しく微笑《ほほえ》んだ。

「君はすでに村人になっているぞ。このノートに君の名前を書いたからな」

「いつっ？」

「ノートを渡されたとき。万年筆で試し書きしてみたんだ。君の名前を」

「いやああああああああああああああああああああっ……！」

包丁を取り落とし、膝から崩れ落ちる。床に突っ伏して女神見習いはぐすぐす泣き出した。

「いやあああっ……。帰りたいよぉっ……。こんな下界の、それも辺鄙《へんぴ》な田舎で何年も暮らすなんて耐えられないぃぃっ……。天界で毎日ぐうたら過ごしたいよぉ……。下界の人間があくせく働いてるのをお菓子食べながら見下ろして優越感に浸りたいよぉっ……」

「正直なのはいいけれど、女神としてはどうかと思うぞ、その考え方」

「最悪だよぉぉぉっ……。もう夢も希望もないよぉぉぉっ……」

「いや、大げさすぎるだろ。それに、アローナ様は八十年くらいって言ってたけれど、俺は今二十九だぞ。あと八十年生きるのはちょっと無理だ。せいぜい六十年くらいだって。神族の寿《じゅ》命《みょう》はもっと長いんだろ？　そのくらい我慢しろよ」

俺の言葉に、ミューナが顔を上げて死人のような目を向ける。

「ねえ……。その台詞《せりふ》、あんたの会社に入ってきた新人にも同じこと言えんの？」

「……あ、ごめん。君の言う通りだわ」

ブラックなところからは直ちに逃げよう。三年耐える方が人生の無駄だ。

俺は屈んで彼女と目を合わせた。

「天界ほどではないだろうけど、ここだって住めば都だよ。とりあえずブラック企業のような環境ではないから、そこまで絶望しないでくれ」

「えーっ……。でも、シャワーないじゃん」

目を逸《そ》らしてミューナが口を尖らせる。そういえば風呂場を確認していなかった。あと、トイレも。いや、その前に。

俺は台所にあった裏口らしき扉から外に出た。

涼しい風が吹き抜ける。

目の前に広がった光景に言葉を失った。

数歩先から断崖《だんがい》のような傾斜が目の届かなくなるほど下まで続いていて、見渡す限り緑が広がっている。自分は今、山の中腹に張りつくようにして建っている家にいるようだ。

「すっごい眺めだな」

感嘆《かんたん》の声が洩《も》れる。

「ただのド田舎よ……」

ところが隣でミューナが吐き捨てた。

「君、女神見習いだよね？　もう少し言葉遣いとか気にした方が良くないか」

「もーっ。オジサンは説教臭《くさ》いなー」

「俺はまだギリギリ二十代だから」

ぼやきながら家の裏手に回る。薪置き場があった。家の周りをぐるりと見て玄関前に立つ。

簡素な一軒家だということがよく分かった。そして何より……。

「ここ、電気もガスも水道もないな」

「えっ？　まさか、あると思ってたの？」

ミューナが目を見開く。それからニヤーッと口の端をつり上げた。

「ヤだーっ。こんなところに田舎暮らしに夢見ちゃってるギリ二十代のオジサンがいるーっ。プークスクス♪　ねえ、今どんな気持ち？　思ってたのと違って不便なことこの上ない生活に放り出されて、今、どんな気持ち？」

こちらをわざわざ下から見上げて煽《あお》ってくる。何というか、この子のメンタルは女神より悪魔に向いているんじゃなかろうか。

「確かに、想定外だよ……。対策を練《ね》らないとなあ」

これは俺のミスだ。仕事を発注するときは細かい点で齟齬《そご》がないよう共通認識を深めておくべきなのに、それを怠《おこた》って杜撰《ずさん》な発注をかけた結果だ。俺もさすがに死にたての全裸で、冷静ではいられなかったということか。

「へいへーい！　オジサン途方に暮れてるーっ。のんびり田舎ライフなんて夢見ちゃったせいで残念な結果になってご愁傷《しゅうしょう》さまーっ♪」

ミューナが手を叩きながら俺の回りを跳びはねる。この子、ビックリするほど性格に問題があるな。跳ね回る元気はあるみたいだから放っておいても心配なさそうだが。

「さて、そうと決まれば……」

日はまだそれほど高くない。日が暮れるまでに色々とやれるはずだ。

俺は「村長ノート」を開き、幾つか確認する。それから元気に周りを跳びはねつつ変顔をしている金髪の美少女に声を掛けた。

「ミューナ。ちょっといいか」

「なになにーっ？　なるべく苦しまずに死ねる自殺の方法が知りたいの～？　オッケー、私に任せて～♪」

もの凄《すご》く嬉しそうな顔で横ピースをする。なまじ美少女なだけに発言のヤバさが際立《きわだ》つ。

「村長命令だ。この村で一番顔の広い人物をここに連れてこい」

「は？　急に命令とかプークスクス♪　あんたみたいなオジサンの言うことなんか誰が……誰が……あ、あれっ？　足が勝手に……ヤだ、何よこれええええええええええぇぇぇえっ……」

髪を振り乱しながらミューナは走り去った。なるほど。ああいう感じで強制力が働くのか。それなりに使えそうだな。

俺は「村長ノート」を手に、玄関扉から家に入った。居間に戻って椅子《いす》に座る。ノートをテーブルに置き一息ついた。

「さてとっ」

軽く伸びをしてノートの表紙を見下ろす。前、見たときはくさび形文字みたいなものが書かれてあるとしか認識できなかったが、今は「私が村長ですノート」とはっきり読めた。

「あいつが戻ってくるまでの間に、このノートの使い方をしっかり覚えておかないとな」

何はともあれ、第二の人生が始まったのだ。楽しい田舎ライフを満喫《まんきつ》するためにも、やるべきことはやるとしよう。

第二章 村と私と、どっちが大事なの!?

私が村長ですノートのご使用方法
まず村人にしたい相手を目で確認します。望遠鏡や鏡等、間接的な確認方法は無効です。肖像画等、本人を映したものも使えません。あくまで直接確認して下さい。

相手を確認したら、その名前を付属の万年筆で記入します。必ずしも本名である必要はありません。通称や偽名であっても相手が自分のことだと認識できるものであれば有効です。

ノートに名前を記入したら、その時点で村人登録完了です。ただし、相手にその自覚はないので使用者から村人登録の旨《むね》をお知らせ下さい。

なお、貴方《あなた》は村人に命令することができます。これは相手の言動を制限・強制することは可能ですが心を操るものではありません。無理強《じ》いすれば嫌われることになるでしょう。不可能なことや相手の能力以上のことをさせても失敗するだけです。村人は大切にしましょう。

村人からの信頼を得られるかどうかは貴方の心がけ次第です。このノートを使ってステキな村長ライフをお楽しみ下さい!

貴方の村の名前を決めましょう
　こちらに貴方の村の名前を書き込めば、さらに気分が高まりますよ！
村名「　　　　　　　　　　　」村

村の掟
1．村長は村人を大切にすべし（努力規定です）
2．村人は村長の命令に従うべし（「村長命令」とはっきり伝えましょう）
3．村人は村長に危害を加えるべからず（いのちをだいじに）
4．村人は少なくとも一年に一日以上、村で過ごすべし（故郷っていいよね）
5．村の危機には皆で協力すべし（できる範囲で）
6．以上に反しない限り、他に新しい掟を作ることを妨げず

「なるほどね」

　覚えることはそれほど多くなかった。ノートを閉じたところで腹がグウと鳴る。そういえば起きてから水を一杯飲んだだけで、まだ何も食べていなかった。食べ物を求めて台所を探る。床に扉を見つけたので開けてみると地下があった。

梯子《はしご》を伝って降りる。中は意外とひんやりしていた。目当ての物が幾つかの木箱に収められている。どうやら地下貯蔵庫のようだ。

今から竈《かまど》に火を入れるのは時間がかかるので、手早く作れそうなものを考えつつ物色する。固そうなパンと干し肉、少量のチーズに根菜類。葉物は量が少なく、しかも少し萎《しな》びていた。これは早めに食べてしまった方が良さそうだ。

適当に見繕《みつくろ》ったものを籠《かご》に放り込んで台所に戻る。甕からいちいち水を汲《く》まなければならないのは手間だったが、調理道具は揃《そろ》っていたのでパンを切って具材を挟み込み、サンドイッチを作ってみた。一人暮らしの社会人として、多少、料理の心得はある。

「いただきます」

ただの水をコップに注ぎ、不格好なサンドイッチにかぶりついた。

「固っ……」

案の定、パンが固い。外側の固さもさることながら、中もふわふわもっちりとはいかない。意地になって嚙《か》みきり、咀嚼《そしやく》する。味はともかく食べ応えはありそうだ。

萎びた葉物野菜と塩気のきつい干し肉を固いパンとともに嚙みしめていると、思いの外、良いバランスになってきた。口の中がパサパサになるので水を飲み、息を吐く。

「食事のレベルも調べないといけないいな。それと……」

今更だが、着替えたくなった。再び室内を漁《あさ》る。服はすぐに見つかった。ただし男物のみ。

ミューナの服はどうすればいいのだろう？　と思いつつ着替えていると玄関先で声がした。

「ちょっとオサフネー……！　連れて……きたわよーっ」

外に出るとミューナが肩で息をしていた。こっちを恨みがましい目で見ている。彼女の隣には白髪の老人がいた。いかにも神父という格好をしている。無精髭《ぶしょうひげ》も白く、こんな山村で暮らしているからだろうか。細身だが頑健そうな体つきだった。

「この家に人が住んでおったとは……。お嬢さんの父親ですかな？」

神父（仮）が尋ねてきた。俺は会釈《えしゃく》しつつ手を振ってノートを出す。

「オサフネと言います。そっちは妹のミューナ。お名前を伺《うかが》っても？」

「これは失礼致しました。私はこの村の教会で神父をしているドナルドと申します」

「ドナルド神父ですか」

予想通り神父だった。俺は頷《うなず》きつつノートに名前を記す。

「俺、今日からこの村の村長になったんです。よろしく」

そう告げると、神父はポカンとした顔になった。これで上手《うま》くいったのだろうか？

「村長……ですか。ああ、はい！　存じていますとも。そうですよね。新しい村長。ええ、ええ。お若いのに立派なことだ」

ドナルド神父が握手を求めてきた。どうやら上手くいったらしい。認識が書き換えられたのだろうか？　その辺りは神様が良い感じにやってくれるんだろう。

「それで、早速ですけど村を案内してもらえますか。村の人たちに挨拶《あいさつ》しておきたいので」

「それは良い心がけです。では、参りましょうか」

「私は行かないからねっ……。もう疲れたーっ……」

ミューナがその場に座り込んでいる。

「お疲れ。ゆっくり休んでるといい。ああ、適当にサンドイッチ作ったから食っとけ」

「えっ？　ご飯っ？」

急に目を輝かせ、女神見習いは家に飛び込んでいった。あいつ、全然疲れてなくないか？

「元気な妹さんですね」

ドナルドが微笑《ほほえ》んだ。ハハハと愛想笑いを返しておく。

それから俺は神父と二人で村を歩き回った。

村人への紹介は神父のお蔭《かげ》でスムーズに進む。ただ、移動がかなり辛《つら》かった。家の数は大して多くないが、あちこちに点在していて、しかも道が細く険しい。二十戸ある家を全《すべ》て回りきった頃には昼を過ぎていた。

「お疲れ様でしたね、村長。この村はご覧になった通りの寒村で」

村の中心部になるのだろう。広場に小さな教会があった。開かれたままの扉から、ぞろぞろと数人の男たちが出てくる。俺たちに気づくなり「神父様！」と一人が声を上げた。

「また貴方たちですか……」

神父がうんざりした顔になる。駆け寄ってきた男たちを見回し、それから俺に振り向いた。

「村長、村の若者たちです。そちらからディエゴ、エミリオ……」

紹介されるままに顔を見て名前をノートに書き記す。全員で七人。俺と同年代か少し下くらいの見た目だ。皆、俺を不思議そうな顔で見ていたが、村長だと名乗ると「だったら！」と意気込んできた。

「村長も聞いて下さいよ！　エミリオの話だと新しい井戸を掘ることが出来るんです！　それだけじゃなくて、水道設備だっけ？　そういうのも村に作れるって！」

若者の一人、確かパベルが熱心に語る。かなり興味深い話だったが、途中で神父が話を遮《さえぎ》った。厳しい顔で若者たちに説教する。

「何度も言っているでしょう。新しく井戸を掘ることは神への冒瀆《ぼうとく》です。良いですか。この村では代々、川から水を汲み、それを運んで大切に家で使ってきました。それは水への感謝、労働の尊《とうと》さを日々、実感するためなのです。貴方たちのお父さまも、お祖父《じい》様《さま》も、曾お祖父様も、そのご先祖様も、皆、そうして生活してきたのです。井戸を掘って楽して水を得ようなどという考えは浅ましく愚かなことです。苦労にこそ価値があるのです」

いきなりの老害発言にビックリした。

苦労に価値がある？　いや、ないよ。むしろ先人の苦労を克服することで人類は発展してきたんだぞ。困難の克服に価値があるのであって、無駄な苦労はしない方が良いよ。

俺がまじまじと横顔を見ているのに気づいた様子もなく、神父は蕩々《とうとう》と語り続ける。そのうち、自分の若い頃は、と苦労話を自慢げに話し出した。若者たちは目が死んでいる。

ああ、この光景、見覚えがあるぞ。

会社の改善を試みて動いた後輩たちが部長に直訴《じきそ》したら、部長が課長に事情を聞いたんだ。でも部長も改善なんてやる気なかったから課長に丸投げして、課長は直訴した連中に朝礼でクソみたいな説教を延々垂れ流しやがった。あれにそっくりだ。

ここは俺が……いや、待てよ。

その場ではあえて黙《だん》りを通し、若者たちが力なく帰っていった後で教会に入る。神父の説明を聞きながら堂内を見回した。

「何かお探しですか？」

「いえ、ちょっとした疑問です。さっき神父は『新しく井戸を掘る』と言いましたよね。ということは『古い井戸』もあるんですか？」

「…………」

神父が口を閉ざした。ビンゴだ。

「その井戸はどこに？」

「村長、それは――」

「村長命令だ。答えろ」

「……教会の、裏手に」

神父の額からたらりと汗が伝い落ちる。俺は外に出て小さな教会を回り込んだ。井戸はすぐに見つかる。つるべ式のものだが、蓋《ふた》がしてあって丁寧《ていねい》に鍵《かぎ》も掛けてあった。

「そ、それは……儀式用の神聖な水なのですっ……！　勝手に使ってはなりません！」

「なるほど。儀式用の。それで鍵が掛けられているのですね」

「そ、そうですっ。断じて日常生活に使って良いものではありませぬ！」

追ってきた神父が俺の前に立ちふさがる。随分《ずいぶん》と息が荒かった。

「今日はありがとうございました。これからよろしくお願いします」

俺はドナルド神父に挨拶をして教会を後にした。


「おそーい！　どこ行ってたのよーっ。お腹空いたーっ」

帰ってくるなりベッドの上でミューナが文句を言う。日暮れ前の室内は薄暗かった。

「食材はあるんだから、自分で何か作れば良かっただろ？」

「は？　私が料理作れるとか本気で思ってるの？」

「予想を裏切らない発言ありがとう」

まあ、このワガママ女神見習いに料理の腕など望むべくもないか。

俺は竈を覗《のぞ》き込んだ。ようするに下のスペースに薪《まき》をくべて燃やし、コンロの要領で煮炊《にた》きする仕組みなのだろう。日が落ちる前に準備をしなければ。

裏手に回って薪を選ぶ。薪置き場に革手袋があったのは嬉しかった。火を扱うときはこっちの方が役に立つ。鉈《なた》で薪を細かく割っているとミューナが「まだー？」と外に出てきた。

「今、支度《したく》してるところだよ」

「あと、どのくらいかかるのー？」

「そうだな……。一時間もあればいけるだろ」

「一時間⁉」

早い方だと思ったのだが、ミューナは目を剝《む》く。

「五分じゃなくて？」

「そこまで早くはならないね」

「一分じゃなくて……？」

「何で短くなると思った？」

「イヤあああああああああああああああああっ……」

金髪の美少女がその場に頽《くずお》れる。

「ご飯食べるだけで一時間も待たされるなんてっ……。死んじゃううう……」

「そんな大げさな」

「火なんて竈に薪を突っ込めば勝手につくんでしょ⁉」

「無茶言うな」

「何でそんなに細かく割る必要があるのよ⁉」

「そうしないと火が点かないからだよ。割り箸《ばし》くらいが丁度《ちょうど》いい大きさなんだけど」

「これだから田舎《いなか》はイヤなのよっ」

「火熾《ひお》こしに田舎は関係なくないか？」

「早くお家帰りたいいいっ……。帰ってテレビ観ながらママの手料理食べたいよおおおっ……」

「天界にもテレビあるんだ」

意外な事実だったが、そんなことはどうでもいい。

一通り薪を割り終えたのでそれらを抱えて台所に戻った。竈の下に薪を入れていく。最後に火打箱《ひうちばこ》で火種を作り、細かく切った薪に火を移した。

すぐに良い感じの煙が上がり、薪に火が点く。あとは放っておいても燃えてくれるだろう。しばらく薪をくべる必要はない。

「よし！　火が点いたぞ」

立ち上がると、ミューナが感心した顔で竈の下を覗き込んだ。

「へーっ。すごーい！　面白ーい！」

目を輝かせて燃える薪を見つめる。

しかし俺の視線に気づくなり、そっぽを向いて口を尖らせた。

「キモーい。こんな手際《てぎわ》良く火を熾こすなんて、あんた前世は放火魔だったの？」

「君はあらゆる方向から好感度を下げる天才だな」

俺は食材の下ごしらえに取りかかる。と、そこで気づいた。

「かなり暗くなってきた。明かりは……」

「これでしょ」

ミューナが居間から簡素な燭台《しょくだい》を持ってくる。ロウソクが一本立っていた。

「ありがとう。ちょっと待っててくれ」

竈の下から細い薪を一本引っ張り出してロウソクに火を点ける。ポッと火が灯ると予想より周りが明るくなった。

「こういうのも風情《ふぜい》があって良いな」

「これ大丈夫？　すぐ消えない？」

「扱いには気をつけてくれよ」

そう言いながら甕の蓋を取る。予想より水が減っていた。

「ミューナ、水飲んだ？」

「飲むに決まってるでしょ！　私だって喉渇くんだからっ」

「なるほどねぇ……」

目算では二日分ほどありそうだったのだが、これは毎日水汲みをする必要があるな。

「となると、なるべく早めに動くべきか……」

「何ぶつぶつ言ってんの？　オジサンの独《ひと》り言《ごと》ってキモイんですけど」

「ミューナ、夕食が終わったら水浴びをしよう」

「えっ？　水浴びできるのっ？　ステキ！　もー、汗かいちゃってヤだったのよー」

女神見習いの瞳がキラキラ輝いた。俺は笑みが洩《も》れそうになるのを堪《こら》えつつ鍋《なべ》に水を注いでいく。今夜は適当に食材を煮込んだスープにしよう。


「何でよおおおおおおおおおっ……。騙《だま》されたあああああああああっ……」

背後から全力の泣き言が聞こえてくる。俺は坂の遥《はる》か下にいる女神見習いに声を掛けた。

「もう暗いから、足元、気をつけろよ」

日が沈んでいるので本当はランタンでも欲しいところだが、あいにく両手が塞《ふさ》がっている。水を満タンに入れた手桶《ておけ》を持っているのだ。俺は二つ。ミューナは一つ。

夕食後、俺たちは村の近くを流れる川まで降りて水を汲んでいた。出発に際し、手桶を渡されたミューナは「これで水浴びするの？」と眉根《まゆね》を寄せたが、鼻歌交じりについてきた。そして体を洗ったら水汲みをすると俺から聞かされた途端、「イヤあああっ……」と蹲《うずくま》った。

「もう無理ぃぃぃっ……。重くて動けないぃぃぃぃっ……」

暗くて姿は見えないが、声の感じからしてマジ泣きしているようだ。甕を満タンにするまで何往復もすると知らされたらどうなってしまうだろう。

ともあれ、俺もけっこう足にきていた。これは予想以上に辛《つら》い。こんなことを毎日繰り返さないといけないのなら、若者たちだって井戸を掘ろうと言うに決まっている。色々と問題が山積みの田舎ライフだが、まずは水問題から解決しなければ。

そう心に決めて水を運ぶ。俺が三往復している間にミューナはようやく坂を登り切り、岩に蹴躓《けつまず》いて盛大に転んだ。手桶の水は全《すべ》てこぼれた。

「イヤあああああああっ……。何で私がこんな目にいいいいいっ……」

倒れたまま泣きじゃくる彼女はさすがに不憫《ふびん》だったので、残りは俺が全部やった。


深夜。隣で眠るミューナを起こさないようベッドから降り、外に出た。

夜風が冷たい。もっと上着を着てくれば良かったなと後悔しつつ教会まで歩いた。足音をさせないよう慎重に近づいていくと、裏手から物音が聞こえてくる。壁に身を寄せてそっと覗き込んだ。月明かりに淡く照らし出されたのは白髪の老人、ドナルド神父の姿だった。

彼は井戸の前で一心に縄を上から下に引っ張っている。滑車がカラカラと音をさせていた。近くに家は建っていないので、あのくらいの音なら誰にも気づかれないだろう。

やがて桶が井戸の底から上がってきた。当然、水が入っているそれを手桶に移す。すでに汲んであったらしいもう一つも手にして裏口から教会の中に入っていった。

オッケー。幸先《さいさき》が良いぞ。村人が寝静まった頃を見計らって行動すると思っていたけれど、何日か張り込む覚悟をしていたんだ。それが初日に現場を押さえることができるとは。

ここで神父を詰問したり、別の日に村人を集めて現場を見せたりといった方法もあるが、俺は村長だ。そういった手間は省《はぶ》くことができる。俺自身が神父の行動を確認し、予想を確信に変えることができれば良かったんだ。

それにしても、前世でブラックな職場にいたせいか、クソ野郎の思考や行動がだいたい読めるようになってしまったのは良いことなのか悪いことなのか。

帰り道、そんな余計なことを思ってしまった。

翌朝。ミューナは掛け布団にくるまったまま起きようとしなかった。

「もう動きたくない……。ご飯もいらない……」

どうやら現実逃避を始めたらしい。ただでさえ激変した環境にいっぱいいっぱいだったのに、昨夜の水汲みで心が折れてしまったのか。

「昨夜の残りのスープがあるから、お腹が空いたら食べるといいよ」

そう言い残して家を出る。

さて、今日はちょっと面白くなりそうだ。

村を巡り、朝食を終えたら教会に集まるよう村人に言う。昨日と違って隣（といってもけっこう離れているけれど）の家にも伝えるよう命じたので、それほど手間はかからなかった。一通り連絡を終えて教会に向かうとすでに数人が集まっている。

「おお、村長。これは何ごとですかな？」

ドナルド神父が村人たちを前に戸惑った顔をしていた。俺は軽く挨拶《あいさつ》をする。

「新しい村長として、村の今後について話をしようと思いまして。皆が集まれる場所といったら教会くらいしか思いつかなかったんです」

「ああ、そういうことですか」

神父は合点《がてん》がいったという顔で俺たちを堂内に導いた。続々と集まってくる村人たちには適当に席についてもらい、俺は神父と説教台の側で皆を待つ。

この村の住人は七十人ほどしかいない。

その大半が素直に集まってくれた。俺は村人を見回して切り出す。

「よく集まってくれた。今日は村の今後について話したい」

そう言うなり、前の方の席に座っていた昨日の若者たちの目つきが変わった。

「この村は不便なことが多い。それらを改善していこう。手始めに新しい井戸を掘る」

オオッ！　と若者たちから歓声が上がる。

「お待ちなさい。それはなりません」

ところがすぐに反対の声が上がった。ドナルド神父だ。

「神父様、何故ですか？」

「村長、貴方《あなた》はここに来てまだ日が浅いから分からぬのです」

穏やかな表情で神父は昨日と同じことを蕩々《とうとう》と語る。村人たちは聞き飽きているのだろう。興味なさそうに視線を彷徨《さまよ》わせている。後ろの方で幼女がぐずりだした。

「……ですので、井戸という便利なものに頼っては貧弱で心の弱い人間になってしまいます。川から苦労して水を汲む。それが大切なのです。私の若い頃は――」

「なあ、ドナルド」

「はい。何でしょう？」

「本音は？」

俺の一言に神父が固まる。言い訳を並べられる前に切り込んだ。

「村長命令だ。お前の本心を言え」

「……んむっ。そ、それはっ」

「言え」

神父がガクガクと震え出す。説教台にしがみつき、脂汗《あぶらあせ》を滲《にじ》ませた。村人たちが心配そうに彼の方を見る。

「それはっ……くはぁっ……！」

抵抗も長くは続かなかった。目を血走らせ、ドナルド神父が口を開く。

「若い連中に楽なんかさせてたまるかああああああああ！」

唾《つば》を飛ばして叫んだ。

堂内にどよめきが起きる。そのどよめきの中、神父は開き直ったかのように捲《まく》し立てた。

「井戸なんか掘らせて水汲みが楽になったら暮らし向きが良くなるかもしれんだろうが！　そうなったら、こんな小さな教会の権力なんぞ、簡単に崩れる！　貧しいから！　生活が苦しいから！　人は神に祈り、権力に従うのだ！　権力の言いなりになる阿呆《あほう》を量産するためには貧しくなければならん！　裕福になったら教会に祈りに来る者なんぞいなくなるぞ！　私は教会と私自身の権威のため、この村を貧しいままにしておかねばならんのだぁ！」

一気に吐き出して、ハアハアと息を吐く。

それから己の発言に顔を青ざめさせた。

「あ……いや、今のは……」

「なあ、ドナルド」

「はひっ……」

神父の声が裏返る。俺は教会の裏手に目をやりながら尋ねた。

「教会にある井戸、あれは何のためにあるんだ？」

「あれは……儀式に使うための神聖な水で……」

「本当は？」

「………」

「村長命令だ」

「……あ、あれはぁっ。私の考えではないのですぅっ。先代がっ……先代から、鍵《かぎ》を引き継いでっ……村人には川で水汲みさせてればいいけど、私たちはそんなの面倒くさいし辛いから、井戸水を使って、村人には決して使わせるなってぇ……！」

「ずるくないか？」

「世の中、そんなもんでしょうがぁっ⁉」

唐突《とうとつ》に神父がキレた。

「みんな平等に不幸で貧しくいましょうねー。ただし私だけは贅沢三昧《ぜいたくざんまい》が許されまーす。それが大半の連中の考える『平等』だろうがぁっ？　自分は特別扱いされて当然！　それ以外は神の下に平等でなければならない！　私だってそう思ってんだよぉっ！」

絶叫し、堂内の村人たちを睨《にら》みつける。

「………」

無言の圧力に気づいたのか、ハッとドナルド神父が身を引いた。

「な、なんちゃってー……」

てへっ、と舌を出す。壊滅的に可愛《かわい》くなかった。

「ふざけんな、てめえええええええ！」

「何が神父様だ、このジジイがあああああああ！」

「ぶっ殺してやらああああああ！」

前の席に座っていた若者たちが怒りを爆発させ、神父に襲い掛かる。他の村人たちも止めようとはしなかった。容赦《ようしゃ》ない殴打音《おうだおん》と神父の悲鳴が堂内に響き渡る。

「その辺にしておけ」

適当なところで割り込んだ。

命令したわけではないが、俺の言葉に若者たちは手を止めた。神父はボロボロの状態で胸倉を摑《つか》まれている。こちらを見上げて涙ながらに訴えた。

「村長……村長ー……！　助けて下さいぃっ……。神聖な教会で、この不届き者たちがっ……これは神罰が下りますぞぉっ……」

「じゃ、外で続きをやるか？」

「嘘です神罰とか下りませんからぁっ……！　お願い助けてぇっ……」

必死に助けを求める神父に近づき、屈む。そして優しく肩を叩いて言った。

「俺は村長としてこの村を変えていこうと考えている。その手始めが新しい井戸を掘ることだ。他にも改善していくべきところを改善して村を裕福にしたい。貴方のご意見は？」

神父は即答した。

「素晴らしいお考えです！　神は人々の幸せを常に願っております！　昨日より今日。今日より明日と進歩していくことこそ神の御心に添う行いっ。苦労などというものは困難を乗り越える過程でぶつかる壁のようなものです。ないに越したことはありませぬっ。次世代を担《にな》う若者たちに苦労を強要し、あまつさえ自分の苦労話を自慢するなど恥ずべきことですな！」

「さすが神父様。含蓄《がんちく》あるお言葉です」

俺は何度も頷《うなず》き、いまだ殺気立っている若者たちに言う。

「喜べ、みんな！　神父様のご厚意により教会裏の井戸がみんなに開放されたぞ！　これで新しい井戸が出来るまでの間、水汲《みずく》みが楽になるなっ」

オオオオオオ！

若者たちだけでなく堂内の皆から歓声が上がった。ポカンとしている神父に手を突き出す。

「ドナルド神父。ここで井戸の鍵を渡してくれれば、貴方の好感度はグッと上がりますよ」

神父は情けない顔で笑い、のろのろと井戸の鍵を取り出して俺の手の平に載せた。

オオオオオオ！

再び歓声が上がる。さらに何故か「村長！」「村長！」と俺を讃《たた》える声まで上がった。

「すげえよ、村長！　神父様に言うこと聞かせるなんてっ」

「あなたは村の救世主だ！」

中には涙を流して喜んでいる者までいる。ちょっと大げさじゃないか？

まあ、水の問題は生死に関わるからな。お役に立てて何よりだ。

そこからは早かった。

すでに絞《しぼ》り込まれていた新しい井戸の候補地に様々な道具が持ち込まれ、若者たちを中心に作業が進められる。俺も手伝おうと思ったが、早々に諦めた。作業の手際《てぎわ》が違い過ぎる。体つきも肉体労働に特化しているような男たちと比べると俺は貧相なことこの上ない。

それでも日暮れ近くまで作業を見守り、村長として指揮を執《と》った。

「ただいまー」

クタクタになって家に帰りつく。今日はよく眠れそうだ。

「私のことほったらかしにして、今までどこ行ってたのよっ……」

ベッドの上に芋虫《いもむし》がいた。

芋虫は上半身を起こして掛け布団の隙間《すきま》から恨めしそうな目を向けてくる。

「今後の村の方針を固めてきたんだよ。新しく井戸を掘ることになったし、教会裏の井戸も使えるようになったから、水汲みが少しは楽になるぞ」

「水汲みっ……」

芋虫がブルブル震えだした。トラウマになっているらしい。

俺は台所に入って鍋を覗いてみた。空《から》になっている。

「スープ食べたんだな。食欲があるなら大丈夫だろ」

「全然、大丈夫じゃないわよ！」

　芋虫の頭がスポッと外に飛び出した。金髪の美少女が現れる。

「村と私と、どっちが大事なの⁉」

「何だ、その面倒くさい彼女みたいな発言は？」

「この私が落ち込んで朝ご飯も喉《のど》を通らなかったのよっ。普通、心配して一日中つきっきりでご機嫌取るもんでしょっ？」

「スープ食べてるじゃないか」

「今はそんな話してないのっ」

　首だけ美少女芋虫がベッドで転げ回る。何だ、この変な生き物。

「オジサンは、私のご機嫌を取るために高級食材をふんだんに使った豪勢な食事を用意して、冷たいジュースを注いで、こんな酷《ひど》いことに巻き込んでしまって申し訳ございませんでしたって土下座《どげざ》で謝って、それからママに私を天界に帰してくれるよう泣いて直談判《じかだんぱん》するのが当然の行動でしょ！」

「今夜は何にするかな？」

　疲れているので夕食は簡単なもので済ませたい。

「無視するなーっ。もっと私のこと、大切に扱ってーっ。もうヤだーっ」

　転げ回る芋虫は放置して夕食の準備を進める。残っている葉物野菜をあらかた使い切るため、野菜炒《いた》めにしてみた。味付けに干し肉をちぎり、チーズを削《けず》って振りかける。

「夕食、ここに置いておくぞ。食べたくなったら食べるといい」

ふてくされてそっぽを向いている芋虫にそう言い、「いただきます」と先に食べ始める。相変わらずパンは固いが、だんだん慣れてきた。それに昨日から感じていたのだが、食材の味が濃い気がする。単に俺の中にある理想の田舎《いなか》幻想のせいかもしれないが。

噛《か》めば噛むほど味が出る野菜炒めを食べていると、芋虫がごろりとこっちを向いた。

「ねー……。もっと食べ応えのあるものがいい……」

「このパンは噛み応えがあるぞ」

「そうじゃなくてー……。ステーキ食べたい」

本当に遠慮《えんりょ》がないな、この子は。でも、確かに。

「肉か……」

塩漬けの干し肉ばかりでは飽きてくる。そろそろ肉らしい肉も欲しいところだ。

「この村の生活をもっと詳しく知る必要があるな。村で採れる食材とか、余所《よそ》との交流はあるのか、とか」

「食材って、勝手に地下貯蔵庫に補充されるんじゃないの？」

「君のおめでたい思考は、もはやギャグだな」

「何よぉっ！　だって最初からあったじゃん！　あれ、誰が用意したのよっ？」

「そうだな……。多分、初回ボーナスみたいなものだよ」

俺は考えを整理しながら話した。

「気づいてたか？　この家、俺たちが来た時点できれいに掃除《そうじ》されていて埃《ほこり》一つ立たなかったんだぞ。それに水甕には水が満タンだったし、地下の貯蔵庫にも食材がそこそこ入っていた。ついでに俺たち二人とも服を着ていた。全部、アローナ様が新生活のスタートで困らないよう用意してくれたものだと思うんだ」

「だったら、この家も豪邸にしてくれれば良かったのにー……」

「田舎の村に豪邸が建ってたら不自然過ぎるだろ。初回ボーナスとして妥当《だとう》なところだ。だから俺たちは、そのボーナスを使い切る前に生活を軌道に乗せないといけない」

「面倒くさい……」

芋虫が再び寝返りを打った。

「なあ、ミューナ。明日も俺は作業をしに出かける。君も良かったら来なよ。体を動かした方が気が紛《まぎ》れるぞ」

「歩くと疲れるから、ヤだ」

芋虫は拗《す》ねたように答えた。

「ほら、もっと腰入れて！　そんなへっぴり腰じゃ落ちる汚れも落ちないよっ」

「白くてほっそい腕してぇ。あんた、よっぽどお嬢様だったんだねぇ」

「泣き言言っても仕事は終わらないよ！　はい、口より手を動かす！」

「イヤあああああっ……。何で私がこんなことしないといけないのよぉぉぉっ……」

教会裏を通りかかったら、ミューナが三人のオバチャンに取り囲まれて泣いていた。

朝、意外なことに彼女は俺についてきたのだ。むっつりと黙り込んでこっちをまともに見ようとしなかったが、とにかく後ろをついてきたので村人たちに妹だと言って紹介した。

皆がミューナを見たときの反応はすごかった。

特に男たちは言葉を失って呆《ほう》けてしまったほどだ。気持ちは分かる。この子は見た目だけなら絶世の美少女なのだから。

ちなみにミューナは家にあった男物の服を着ている。それで男と間違われるかとも思ったのだが、その程度で彼女の美貌《びぼう》は誤魔化《ごまか》せなかった。

ともあれ、ミューナは女性陣に委《ゆだ》ね、俺は作業の手伝いに加わった。まずは切り倒した木の枝打ちをする。このくらいなら俺でもこなせた。一旦、払い落とした枝をまとめて運んでいたら、井戸端《いどばた》でオバチャンたちに厳しく指導されている彼女を見かけた。

「村長の妹だからって、ここじゃ特別扱いしないよ！　ほら、さっさと手を動かす！」

「騙《だま》されたぁぁあっ……。オサフネのバカぁぁあっ……。人でなしぃぃいっ……」

たらいと洗濯板《せんたくいた》で服をこすり洗いしているミューナを一瞥《いちべつ》する。元気そうで何よりだ。あの調子なら村での生活にもすぐに馴染《なじ》むだろう。

枝打ちに戻り、鉈《なた》を振るっていると中学生くらいの少年が話しかけてきた。

「妹さんって、村長と似てませんよね！」

いかにも悪ガキといった雰囲気《ふんいき》の少年だ。一緒に枝打ちをしていた中年男性――名前はパブロ――がギロリと少年を睨《にら》んだ。

「フリオ、いらんこと言っとらんで働かんか」

「働いてるって。親方に剝《は》ぎのタイミングを聞いてこいって言われて……」

「そんなら村長に話しかけることなかろうが。えらい別嬪《べっぴん》さんが来たからって皆、浮かれおってからに」

「浮かれてねえしっ……」

二人は親子だったはずだ。この遠慮のない言い合いがそれっぽい。

「この村は林業で生計を立てているのか？」

俺はあえて話に割り込んだ。パブロが「こりゃ失礼」と渋い顔になって頭を下げる。口ゲンカを諫《いさ》められたと思ったのだろう。そんなつもりじゃなかったんだが。

「林業だけじゃ無理っすよ……。畑も平地が少ないから狭くて大したもん作れないし、森で狩りをしようにも……」

フリオが山の斜面へと目をやった。つられてそちらを見上げる。何の変哲もない森が広がっているように見えるけれど。

「魔女が住んどるんです」

そう言ったのはパブロの方だった。職人気質丸出しの親爺《おやじ》が険しい表情をしている。

「魔女？　それって、もしかして魔法を使う……？」

期待半分で聞いてみた。するとパブロは予想外に真剣な顔で頷《うなず》く。

「村長、迂闊《うかつ》に森に入ったらいかん。呪われますけんね……」

思わずフリオの方を見た。彼も苦々しい顔をしている。

「魔女か……」

単なる中世ヨーロッパ風の世界と思っていたが、これは剣と魔法のファンタジーの匂《にお》いもしてきたぞ。正直、すごく興味がある。まあ、すでに女神見習いというファンタジーバリバリな娘がいるにはいるんだが。

「ん？」

そこで俺は見慣れない家の屋根を認めた。

「なあ、フリオ。あれが魔女の家か？」

木々に埋もれるようにして建っている家を指差す。フリオは俺の側に寄ってきて指し示す先を見た。それから「あー……」とうんざりした声を上げる。

「あそこは魔女の家じゃないっす。村長、あそこは気にしないで下さい」

ひらひらと手を振った。

「誰も住んでいないのか？」

「そういうわけじゃないんすけど……」

フリオは言いにくそうにしている。俺はパブロを見た。しかし彼は作業に集中していて、こっちを振り向きもしない。

「フリオ、答えてくれ」

命令しても良かったが、頼んでみた。フリオはガシガシと頭を掻《か》き、声を潜める。

「あそこにはアウラが住んでるんす」

「誰だ？　神父に案内してもらったとき紹介された覚えがないぞ」

「アウラは……変な奴なんすよ。関わっちゃダメっす。何しろ親が──」

「フリオ！　さっさと戻って仕事せんか！」

パブロが枝打ちをしながら怒鳴った。フリオはひょいと肩を竦《すく》め、一礼して立ち去る。

「………………」

俺は森の中の家を見つめた。

「村長、行ったらいかん。あん小娘、家の周りに罠《わな》ば仕掛けとります」

「……何で、そんなことを？」

「………………」

パブロは黙々と枝打ちを続ける。なるほど。そっちがその気なら、こっちにも考えがある。

「ここは任せた。俺はアウラに会ってくる」

鉈を置いて歩き出す。パブロが慌てた様子で振り向いた。

「アウラに関わっちゃいかん！　あん小娘は悪魔の力ば崇拝《すうはい》しとる恐ろしい子なんや！」

「悪魔の力？」

「それで、神父様ともめて……」

「詳しく聞かせてくれ、パブロ」

「………」

「パブロ、俺は村長だ。村人は誰一人、放っておくわけにはいかない」

彼の顰《しか》め面《つら》に後悔の色を感じ取った俺は、強気で言った。


パブロから聞いたのは、よくある新参者拒絶の話だった。

閉鎖《へいさ》的な田舎《いなか》の悪い側面が出てしまったというべきか。

アウラという少女は、両親とともに五年ほど前、村にやって来たという。

村の外れにあった空き家を自分たちで修理して住みつき、村の集会にもほとんど顔を出さず三人だけで生活していたそうだ。

余所者《よそもの》というだけでも警戒されるのに、そんな態度でいるから当然、村人たちからも反感を買っていた。ただ、だからといって嫌がらせをするほどパブロたちも暇ではない。そこで互いに不干渉を貫いていたそうだ。

ところが二年前、村に流行病《はやりやまい》が広まった。

アウラの両親は二人とも病死し、アウラだけが残された。そこで可哀想《かわいそう》に思った神父が村で育てようと彼女の家を訪れたらしい。

そして、そこで「悪魔の力」を見たのだ。神父は全《すべ》て焼き払おうとしたらしい。それを激怒したアウラが力尽くで止め、神父を家から追い出した。村は騒然となり、彼女諸共《もろとも》、家を焼いてしまおうとしたらしい。

「ところが見計らったように大雨が降り、計画は頓挫《とんざ》。その後も、アウラに危害を加えようとするたびに不審な事故が起こり、村人たちは悪魔に呪われるのを恐れて彼女と関わらないことに決めた。神父もビビって何もできずにいた、と……」

アウラの家へと続く細い坂道を上りながら、パブロの話を反芻《はんすう》する。

中世魔女裁判の時代にありそうな設定だよな。

坂道を上りきったところで一息入れる。振り返ると木々の隙間《すきま》から村が見渡せた。そういえば村の名前を決めないといけなかったなあ。何にしよう？

そんなことを思い出し、格好良さそうなネーミングを考えるが、今ひとつピンと来ない。もういっそ自分の名前をつけるか？　ムラノ村ならそれっぽいかも。というか、あの村にはすでに名前がついているはずだから、それをそのまま使えば……。

「止まれ」

村の名前を考えながら歩いていると、不意に前方で声がした。明らかな敵意を孕《はら》んだ声音《こわね》に
キュッと胃が縮む。

「そのまま回れ右をして帰れ。さもないと、ボクの矢がお前を射貫《いぬ》く」

細い道の先。

一軒の家を背に、赤毛の少女がこちらを睨んでいた。ご丁寧《ていねい》にも弓矢を引き絞《しぼ》った体勢で。

人に向けて射てはいけません、なんて言っても無駄なんだろうなぁ。

俺はゆっくり両手を挙げた。

「君がアウラかい？　俺はオサフネ。下にある村の新しい村長だ」

ヒュン、と頬《ほお》を何かが掠《かす》める。

じわっと血が滲《にじ》み、痛みと熱さを遅れて感じた。

「次は当てる。警告したよ」

次の矢をつがえて少女が言った。

第三章　ついに来たよ、ファンタジー要素

「待ってくれ」

俺は赤毛の少女に向かって軽く手を振った。

「話をしたいだけなんだ。君には一切、危害を加えない」

「ボクは話すことなんて何もないっ」

「じゃあ、俺の話を聞くだけでいいから」

「うるさい！　ボクのことは放っておけばいいだろっ」

「放ってなんかおけない！　君も大切な村人の一人だ！」

「そんな言葉に騙《だま》されるもんか！　大人はみんな嘘つきだ！」

何だか不良生徒を更生させようとする熱血教師みたいな展開になってきたぞ。

「大人は嘘つきなんじゃない。ただ、間違いをするだけなんだ」

俺は諭《さと》すように言った。

「は？　だから何だよ」

少女が眉間《みけん》に皺《しわ》を寄せる。だよなー……。元ネタ知らないと、そのくらいの反応だよなー。ちょっと調子に乗ってしまってごめんなさい。

「一人暮らしは不便じゃないか？　助けになれればと思っている」

「あの神父と同じこと言ってる……！」

敵意が更に強まった気がした。ドナルド……あんた嫌われてるなあ……。

「ドナルド神父が君に酷《ひど》いことをしようとしたのは聞いている。それはすまなかった。村長として詫《わ》びよう」

手を挙げたまま頭を下げる。前世でもよく他人の尻ぬぐいで先方に頭を下げていた。

「神父は今、ボコボコにされた傷が熱をもってしまって自室で寝込んでいる。彼の村での発言力は地に落ちているから安心して欲しい」

「えっ……？　何でそんなことになってるの……？」

「言っただろう。大人は、間違いをするんだよ」

「それ気に入ってるの？」

訝《いぶか》しそうな顔で睨《にら》まれる。いかん。ちょっと引かれてるな。

「そういった何やかんやも含めて、君と話をしたいんだ。できることなら仲良くなりたい」

「………………」

少女はしばらく無言で俺に矢を向けていたが、ふと口の端をつり上げた。

「ふぅん。ボクと仲良くしたいんだ。村長、変態なの？」

「そういう『仲良く』じゃないぞ」

パトカーのサイレンが聞こえてきそうなことを言うのはやめて欲しい。

「だったら、ボクの言うこと信じてくれるよね？」

「もちろん」

嫌な予感がしたが、ここは即答するしかない。少女が数歩、後ろに下がった。

「じゃあ、そのまま真っ直ぐこっちに歩いてきてよ。ゆっくりね」

道を空けるように少し左にずれる。矢は向けられたままだが。

「真っ直ぐ歩いてそっちに行けば良いのか？」

「そう。それだけだよ。安心してよ。罠なんて仕掛けてないから。足が糸に引っ掛かったら太《ふと》股《もも》に矢が刺さるなんてこと、絶対にないからね」

そう言って顎《あご》をしゃくる。これ、絶対罠が仕掛けてあるパターンだな。太股に矢が刺さる未来しか見えない。パブロも罠を仕《し》掛けてるって言ってたしなあ……。

とはいえ、ここで逃げる選択肢も俺にはなかった。一つの賭《か》けでもある。格好つけすぎかもしれないが勝算はあった。

「分かった。そっちに行くよ」

だからゆっくり踏み出す。一歩一歩、確かめるように歩を進めた。少女は俺から目を離さない。真剣な表情で見つめている。歯を食いしばっているのは弓を引き続けているせいか？　それとも……。

足に何かが引っ掛かり、プツリと切れた。

背筋に悪寒《おかん》が走る。

だが、それだけだった。何も起きない。俺はそのまま道を抜け、少女の家の敷地らしき空間に入った。

「何でっ……」

悔《くや》しそうな呟《つぶや》きに少女を見ると、彼女は渋々といった様子で弓を下ろす。矢を矢筒《やづつ》に放り込み、目を逸《そ》らした。

「何でこっち来たんだよ……」

「君を信じたからだ」

「嘘くさい……」

「俺もそう思う。今の台詞《せりふ》は格好つけすぎだな」

苦笑する。少しは熱血教師っぽくやれただろうか。

少女は懐《ふところ》からナイフを引き抜き、俺に突きつけた。

「少しでも変な真似《まね》したら容赦《ようしゃ》しないからっ」

そう言ってから家へと歩き出す。

「お邪魔しても？」

そう尋ねると、こっちをチラッと振り向いて不機嫌そうに頷《うなず》いた。

胸をなで下ろし、後に続く。

上手《うま》くいって良かった。彼女に「待ってくれ」と手を振ったとき「村長ノート」を取り出してアウラとノートに書き込んだのだが、もし彼女がアウラでなかったら今頃、俺の太股には矢が刺さっていたことだろう。

とりあえず第一段階突破だと思いつつ玄関扉を潜《くぐ》った。

「おおっ！」

息を呑《の》む。

部屋の壁一面に獣の皮が吊されていた。床には熊までいる。

「これ、君が狩ったのか？」

「そうだけど」

少女はそっけなく答え、テーブルの椅子《いす》を引いて座った。「座れば」と言われたのでひとまず腰を下ろす。

「大したものだな。これだけの狩りの腕前があれば一人でもやっていけるのか……」

「別に……」

テーブルに頬杖をついて、少女はそっぽを向いた。

俺は自己紹介をする。

「はじめまして。俺はオサフネ。この村の新しい村長だ。君がアウラでいいんだよな？」

「そうだよ……。で、村長は何しに来たの？」

「ぶっちゃけ力を貸して欲しい」

「はぁ⁉　ボクの助けになれればとか言ってなかった？」

「俺の話を聞いてくれていたんだな。嬉しいよ」

「あんた、本当に何なのっ？」

「知っての通り、村はひどく貧しい。そこで村の暮らしをよくしていこうと思っているんだ。教会の裏に井戸があるのは知ってるかい？」

「知ってる……。でも、あれは神父が独《ひと》り占《じ》めしてるよ……」

「そのことまで知ってたのか。あの井戸、誰でも使えるようになったから。それに新しい井戸を今、掘っているところなんだ」

「あの神父がよく許したね。あ、ボコボコにしたって……」

アウラの目に微《かす》かに恐れの色が滲《にじ》んだ。

「井戸の鍵《かぎ》は神父が快《こころよ》く差し出してくれたんだ。ボコボコにされたのは、まあ、自業自得《じごうじとく》だと思う……。さすがに哀れだったけど」

会って間もない俺と違って村の若者たちには相当な鬱憤《うっぷん》がたまっていたのだろう。

「そんなわけだから、君も井戸は自由に使ってくれて構わない。村人には俺から言っておく。何も困ったことがないのなら今まで通り干渉し合わないでいこう……と言いたいところだったんだが」

俺は壁を埋め尽くす獣の皮を見回し、アウラに頭を下げた。

「頼む！　狩りの技術を教えてくれ！　これだけの腕を持つ狩人《かりゅうど》をみすみす逃すなんて、村の損失なんだよ！」

手を合わせて祈る。この世界で通用するジェスチャーなのかは不明だが。

「ボクの狩りの技術なんて……。それに、村の連中がボクの言うこと聞くわけないよっ。ボク、嫌われてるし……」

「俺に任せてくれ。その辺りは何の心配もいらない」

顔を上げて身を乗り出す。

「何で言い切れるんだよ……。ボクは……『悪魔の力』を隠し持ってるんだぞ！」

目をキュッと瞑《つむ》り、アウラが叫んだ。

「怖いだろ……！　神父はボクを『悪魔の子』だって言ったし、みんな……松明《たいまつ》持って、家を取り囲んだしっ……」

あ、ボコられて当然だったな、ドナルド神父。というか、村人みんな同罪じゃないか？

「村長ノート」で命令するのに躊躇《ちゅうちょ》しなくても良さそうだな。

「その『悪魔の力』なんだが、魔法って奴か？　こう、手の平から火を出せるとか」

メラとかファイガとか。

「魔法？　違うよ、そっちじゃない。そうじゃなくて……ああ、もう！」

アウラは少し苛立《いらだ》った様子で席を立った。「ついてきて」と俺を睨《にら》む。左手の壁にあった扉を抜けると右に廊下《ろうか》が続いていた。

「見せてあげるよ、『悪魔の力』をっ。どうせ村長だって……」

ぶつぶつ言いながら歩くアウラに続いて廊下の突き当たりまで進む。右手に二つ扉があったけれど、それらはスルーして突き当たりの扉に手を掛けた。

「ここだよ。父さんの書斎」

アウラが扉を押し開く。彼女の後から部屋に入った。

「お邪魔しまーす。おおおおおおおおっ⁉」

獣の皮を見たときよりも大きな声が出てしまう。

今度は壁一面に本が並んでいた。扉以外の壁に本棚《ほんだな》が据え付けられていて、そこにぎっしりと分厚い本が詰め込まれている。入りきらないものが床のあちこちに積み上げられていた。室内の中央に作業台のような広い机があり、そこに地球儀らしきものもある。

「どう？　これが『悪魔の力』……。父さんと母さんが王都から追放されて命を狙われることになった危険な――」

「この辺りは天文学だな。装丁《そうてい》されていないものは、観測資料か。こっから物理学っぽいぞ。薬学、生物学、数学に精霊学？　これはひょっとしてファンタジー的なあれか？」

　本棚に並ぶ本のタイトルを読むだけでもテンションが上がった。これだけの蔵書は滅多《めった》にお目にかかれないんじゃないか？　ドナルド神父、というより教会が「悪魔の力」と言って恐れるはずだよ。知識は昔、その多くを教会が独占していたからな。個人でこれだけのものを持っているのは彼らにとって脅威《きょうい》に他ならない。

　しかし、これを焼き払おうとしただなんて、何か俺まで腹立ってきたぞ。

「すごい蔵書だな、アウラ。ちょっと、見せてもらってもいいか？」

　この世界のことを知るためにも目を通しておきたい。俺が彼女を振り向くと、アウラは目を丸くしてこっちを凝視していた。

「どうした？」

「何で……」

「何で？　まあ、興味があるというか、色々役に立ちそうだからというか」

　一番は単なる好奇心だ。

　ところがアウラは信じられないという顔で首を振った。

「読めるの？」

「読めるのかって？　そういえば……」

背表紙に書かれてあるタイトルは問題なく読める。ノートにも普通に名前を書けているから字も書けるのだろう。これも転生ボーナスの一つだろうか。

「あまりに専門的なものはどうか分からないけど、とりあえず字は読めるぞ」

そう返すと、たちまちアウラの顔つきが変わった。作業台に開いて置かれていた一冊を手に取り、「これはっ？」と指差す。

「ここ、読んでみて！」

「ここ？　ええと、『竹の上部に開けた穴に、先程作った紐を通し、引っ張って竹をしならせる。紐の一方を通り道の反対側に打ち込んだペグに結びつけて準備は完了』……これって罠の作り方か？」

本のタイトルを見てみる。「罠作り　初級編」と書いてあった。

「初級編か。このくらいなら俺でも作れそうだな」

そんなことを考えていると「これは!?」と別の本を突き出される。

「『三角形の頂点Aから頂点Bまでの直線AB上に任意の点Pを取り、頂点Cと点Pを結ぶ直線を引きます。このとき』……これは数学の問題集か何かか？」

「これはっ？」

「『アルバールの太く逞《たくま》しい肉棒がチェキータの陰部に』……いや、これは子どもが読んではいけません。というか、小説もあるのかよ」

「すごい……」

アウラが目を見開いた。

「すごい、すごい、すごい！　村長、本当に本が読めるんだっ……。父さんと母さん以外で初めてだよっ」

何やら感激しているようだ。恐らく村人は大半が文字を読めないのだろう。教会の方針で、読み書きなど教えていないことは簡単に想像できる。

「ね、ねえっ。村長はボクの助けになってくれるんだよねっ」

さっきまでとは打って変わって、アウラが尊敬の眼差《まなざ》しを向けてきた。

「ボクに字を教えてよ！　簡単なのは父さんに教わったけど、難しくて読めないのがけっこうあるんだ！　さっきの小説だって、難しい字が多くてよく分かんなくて……」

「あの本はともかく、字を教えるくらいなら構わないぞ」

「本当にっ？　じゃあ、決まりだねっ」

それまでのツンケンした態度からは想像できないくらい無邪気な笑顔を見せる。おっと、この子可愛《かわい》いぞ。いや、変な意味じゃなくてな。

「さて、それじゃあ……ん？」

そこで今更ながら違和感に気づいた。

この部屋は扉以外、壁は全《すべ》て本棚で埋められている。

テーブルの上にランプのような光源はなかった。

だとしたら、この明るさはどこから来ているんだ？

天井を見上げる。中央の一部分が丸く盛り上がっていて、そこから光が放たれていた。

「天井が明るい？」

呟《つぶや》く俺にアウラが「ああ」と同じように天井を見上げる。

「うち、魔硝石《ましょうせき》があるから。このくらいの魔道具は使えるんだ」

「魔硝石？　魔道具？」

「えっ？　村長知らないの？　こんな田舎《いなか》じゃ手に入らないよね。でも、名前くらいは聞いたことあるでしょ？」

「恥ずかしながら、全《まった》くの無知だ」

ここで強がったところで良いことは何もない。俺は素直に聞いてみることにした。

「えーっ？　そうなんだ。しょうがないなー。ボクが教えてあげるよーっ」

フフンと嬉しそうに胸を張る。

「魔硝石っていうのはね。魔力の塊《かたまり》みたいなものなんだっ。それを材料にして色んな魔道具を作れたり、魔道具を動かすエネルギーにしたりできるんだよっ。王都にいた頃は、生活に欠かせないものだったし、ここに引っ越してきたとき運び込んだ分が残ってるんだ」

「ついに来たよ、ファンタジー要素」

頬《ほお》が緩《ゆる》んでしまう。説明を聞く限り、原油のような物質みたいだが。

「魔道具は、魔力で動く道具のこと。武器なんかもある。魔力強化された弓で射た矢は岩だって簡単に貫くからねっ」

「魔法使いはいないのか？　こう、杖《つえ》を振って、呪文唱えて火を出すような」

「いるけど、魔法使いでも魔硝石がないと魔法は使えないよ。魔道具に装填《そうてん》して魔力を発動させるんだ。杖が一般的かなー。その辺の本もあったと思うけど」

アウラが本棚を見回す。オッケー。後で調べよう。

「この家には、照明以外にも魔道具があるのか？」

「あるよっ。じゃないとボク一人で生きていけるわけないって」

何だか急に子どもっぽい言動が増えてきたな。これが彼女の素なのかもしれない。きっと今まで気を張って生きてきたんだ。

「村長、こっち」

部屋を出て手招きするアウラについていく。さっきスルーした扉の一つを開けて中に入ると、そこは台所だった。見慣れた白い直方体がある。取っ手を摑《つか》み、アウラが引っ張り開けた。

「冷蔵庫っていうんだ。この中、手を入れてみてよっ」

様々な食材が収められた空間に手を突っ込む。うん。予想通りひんやりと涼しい。

「この中だけ空気が冷やされているんだな。これも魔硝石をエネルギーに？」

「そう！　冷気の魔法を発動させてるんだっ。で、こっちが冷凍庫。魔力を強めると凍らせることもできるんだよ。それで仕留めた獲物の肉を保存してる」

引き出された中には獣の肉がみっしり詰まっていた。

「すごい量だな」

「森に入って狩りができる時期は限られてるから、こうして蓄《たくわ》えておくんだよ。村長、食べてみたいなら、あげるよっ？」

冷凍した肉の塊を差し出してくる。ありがたくいただくことにした。

「あと、他にはねぇ……」

コンロやオーブンを楽しそうに説明するアウラ。こっちも何だか楽しくなってきた。しかし、この設備はもはや現代だ。落差が激しすぎるぞ。

「そのくらいでいいよ。ありがとう」

彼女を止めて、一旦、初めの部屋に戻る。「ちょっと待ってて」とアウラは鼻歌交じりで冷たい飲み物を持ってきた。コップに注いでくれる。

「随分《ずいぶん》と待遇が変わったな。さっきは水も出さなかったのに」

「だって……村長は父さんと母さんの形見《かたみ》を『悪魔の力』なんて言わなかったから……」

アウラは目を逸《そ》らして、そう答えた。恥ずかしいのか、少し顔が赤い。年相応の姿を見ることができた気がして、何だかホッとした。

「あ、もうすぐお昼だよね！　ボク、ご飯作るから、村長食べてってよ！」

「もう、そんな時間か……。そろそろ村に戻った方が……」

彼女が捨てられそうな子犬の眼差しを向けてくる。「じゃあ、お昼をいただくよ」と答えざるを得なかった。

「うん！　任せてっ」

笑顔で台所に向かう彼女を見送り、フウと息を吐く。

ミューナとアウラ、入れ替わってくれないかな。

昼食を食べた後も何だかんだと引き止められ、結局、日が暮れるまでアウラの家にいた。

おまけに帰ろうとすると「今日はボクも村長の家に泊まるよ」と言い出した。あれ？　何か懐かれてる？　何で？

「うちに来たって何もないぞ」

「村長がいるでしょっ」

リュックサックを背負い、カンテラを持ったアウラが俺の腕にしがみつく。ううむ。そんなにくっつかれると事案臭《しゅう》しかしない。

とはいえ、山の細い夜道を歩くにはそのくらいくっついていないといけないのも事実だった。

カンテラは俺が持って先を照らす。かなり明るいが、これも魔硝石を使った魔道具だろう。

「村の人たち、心配してるかな？」

俺の行く先はパブロから聞いているはずだ。一度、広場に顔を出そうかと思ったが、アウラが一緒なのでやめた。明日、彼女を皆に引き合わせるつもりだ。不意打ちのような再会はきっとお互いにとって良くない。

「ただいまー」

家に帰り着く。居間はぼんやりと明るかった。ロウソクの火が灯っている。

「ちょっと、オサフネ！　どこほっつき歩いてたのよ⁉」

ミューナが腰に手を当てて膨《ふく》れ面《つら》を向けてきた。

「私を酷《ひど》い目に遭《あ》わせておいて、日が暮れるまで帰ってこないなんて！　お腹空いたー！」

早速、ブーたれる女神見習いを「まあまあ」と制してカンテラをテーブルに置く。一気に室内が明るくなった。やっぱ光量が段違いだな。

「話、聞いてる⁉　私が今日一日、どんな思いをしたか……」

そこでミューナの目が俺の背後に立つ赤毛の美少女に留まった。アウラもミューナのことを目を丸くして見つめている。

「「誰？」」

ハモった。

「オサフネ⁉　何かいる！　あんたの背後に女の子の霊が立ってる！」

「安心しろ。霊じゃなくて生身の女の子だ」

「ねえ、村長。この子、誰？」

何故か責めるような口調でアウラが俺の腕を取った。

「こいつはミューナ。俺の妹だよ」

「妹っ？　ふーん……。似てないね」

ああ、そうだろうな。

「こんばんは、ミューナ。ボクはアウラ。今日から村長のお世話はボクがすることになったから、君はさっさとお嫁に行っていいよ」

アウラは俺の前に出ると、挑発的な態度で自己紹介をした。ミューナのこめかみがヒクッと引きつる。

「お嫁？　冗談じゃないわよ！　何で女神の私が人間ごときと結婚しないといけないの⁉」

ミューナの剣幕にアウラはビクッと身を引いた。恐らく予想外の反応だったのだろう。俺の方を振り向き、小声で「妹さんって、イタイ子？　自分のこと女神とか言ってるけど」と尋ねてきた。

「あいつは可哀想《かわいそう》な子なんだ……」

「誰が可哀想な子よ！　イタくもないわよ！」

しっかり聞かれていた。こいつ、耳良いな。

「いい？　アウラとかいう小娘っ。私は女神アローナの娘ミューナ。正真正銘《しょうしんしょうめい》の神族にして、あんたたちの運命を司《つかさど》る女神（になる予定）なのよ‼　崇《あが》め奉《たてまつ》りなさい！」

「村長の家ってこんな感じなんだねーっ。あ、こっちが台所かー」

「うちは竈《かまど》だぞ。魔道具なんて一つもないからな」

「大丈夫だよっ。魔硝石の備蓄が尽きたときのこと考えて、ボクもこういうのに慣れる練習してたから。とりあえず夕食だよねっ？」

俺とアウラは台所で今夜の献立《こんだて》を考える。もう日が沈んでいるけれど、カンテラの明かりがあるので今から薪割《まきわ》りをしても大丈夫そうだ。

「コラアアアアアアアアアアア！　私を無視するんじゃないわよおおおお！」

台所にポンコツ女神見習いが飛び込んできた。俺とアウラの間に自分の体をねじ込み、鼻息荒くアウラを威嚇《いかく》する。と思ったら俺まで睨《にら》んできた。

「オサフネ！　この子、何なのよっ？　何、しれっと他人《ひと》ん家の台所に入ってんのよ！」

「彼女もこの村の村人だ。とても優秀な子なんだぞ」

「そんなこと聞いてないわよ！」

「じゃあ何を聞きたいんだ？」

荒れるミューナを見下ろし、今更ながらに気づいた。

「そういえば、その服、どうしたんだ？」

アウラは女物のワンピースを着ている。この家には男物の服しかなかったはずなのに。

「こ……これはっ……オバチャンたちがくれたのよっ」

「一緒に洗濯《せんたく》してたオバチャンたち？」

「そうよっ。……って、見てたんなら助けなさいよね！　私にあんな力仕事を押しつけるなんてオサフネのバカ！　指が痛くて散々だったんだからぁっ」

両手を広げてこっちに突き出してきた。白くて細いきれいな指だ。今まで労働とは程遠い生活をしてきたことが丸わかりだな。ほんの少し指先が赤くなっているようだが、洗濯仕事で手が荒れたのか？

「よしよし、頑張った頑張った」

ミューナの指を優しく撫《な》でてやる。「うひゃあ⁉」と変な声を上げて彼女が両手を引っ込めた。顔を真っ赤にして「何すんのよ！」と怒鳴る。

「でも、良かったじゃないか。その服、似合ってるぞ」

こういうのをご近所づきあいというのだろう。理想の田舎《いなか》ライフに一歩近づいた気がした。

「に、似合ってなんかないわよっ……。こんな、麻の、ごわごわした安物っ……」

口を尖らせてぶちぶち言うが、あまり勢いはない。フンとそっぽを向いて居間に戻ってしまった。あいつ、何がしたかったんだ？

「村長は妹に甘いなーっ。ボクのことも構ってよ」

アウラが抱きついてきた。おかしい。さっきのやり取りのどこに甘さがあったのか。

ともあれ二人で夕食を作った。久々の肉に心が躍る。豪勢にステーキにしてやったぜ。味付けは塩だけだったが、感動的な旨《うま》さだった。

「まああだったわねっ。褒めてあげてもいいわっ」

珍しくミューナも上機嫌そうに言う。皿を片付けていると台所でアウラが囁《ささや》いた。

「妹さん、何で料理も片付けもしないの？　文句言ってご飯食べてゴロゴロしてるだけだよ。兄妹で暮らしてるんでしょ？　もっと協力した方が良くない？」

「ぐうの音《ね》も出ないほどの正論、ありがとう」

本当に、ミューナとアウラを交換したい。


そんなこんなで夜も更け、寝ることになったんだが一悶着《ひともんちゃく》あった。

「一緒のベッドで寝るってどういうことよっ？」

アウラが俺と一緒に寝ると言い出した途端、ミューナが騒ぎ出した。

「だってベッドが一つしかないし。ボクは村長とくっついて寝るからギリギリ入るでしょ」

「はい、ダメーっ。このベッドは二人用ですーっ。あんたは床で寝てくださーい！」

「だったらミューナが遠慮《えんりょ》しなよ！　ボクは君のお姉さんになるんだから」

「何であんたが私の姉になるの⁉　意味わかんないこと言ってないで床で寝ろ！」

「分かった、分かった。俺が床で寝るから二人仲良くベッドで寝なさい」

「『そういうことじゃない！』」

「…………」

俺が完璧《かんぺき》な妥協案《だきょうあん》を提案したのに、即座に却下《きやっか》されてしまった。意味が分からないよ。

それから小一時間揉《も》め続け、それでも結論が出ないので、俺はロウソクの火を消し、カンテラの明かりも消して、知ったことかとベッドに寝転がった。

「はい、お休み」

「あ、ちょっと……もう！」

ブーブー言いながらミューナが右側に寝る。いつもより狭いので密着せざるを得なかったが、意外と「離れろ」とは言われなかった。こいつも疲れてるんだろう。朝から働きづめだったろうからな。

「ちょっと待って」

左でアウラが何かごそごそやっている。暗闇の中、彼女の気配だけが感じられた。スルリと衣擦《きぬず》れの音がして、それから掛け布団の中にアウラが潜り込んでくる。

「!?」

ピトッと左半身に触れた感触に眠気が飛んだ。

「おやすみなさい」

耳元で囁かれ、背筋がゾワゾワする。
彼女の体温が直に伝わってきた。
「……アウラ、君、まさか」
「ボク、寝るときはいつも、こうだから」
まだ未成熟な肢体《したい》がしっかりと押しつけられ、身動きできなくなる。
控えめな膨《ふく》らみの先が布一枚隔《へだ》てて刺激してきた。
彼女の背中に回した手に、すべすべできめ細やかな肌の手触りがある。
健康的に引き締まった足をからめてきた。
柔らかな太股《ふともも》が股間《こかん》を撫でる。
これはガチでけしからん事態だ。
そもそも、何でこんなことになってしまったのか理解に苦しむ。
いや、待て。彼女は寝るとき、いつもこうだと言っていた。
かつ、彼女は親を亡くし、二年ほどずっと一人ぼっちで暮らしてきた。
故に俺を見て父親が恋しくなり、こうして甘えているだけである。
なるほど。謎は全《すべ》て解けた。真実はいつも一つ。Q.E.D.証明終了だ。
マインドセットを終え、穏やかな気持ちでアウラを抱き寄せた。
すんごく柔らかな感触とミルクのような良い匂《にお》いがした。

左手が小ぶりな桃尻をつるつると撫でる。

はい、アウトー‼

俺、アウラの父親じゃねえし！　こんな無防備で危険なシチュエーションに耐えられるわけねえし！　ギリ二十代の性欲を嘗《な》めないでもらいたいね！

「…………」

左右から規則正しい寝息が聞こえてきた。

暗闇に慣れてきた目で横を見る。

あどけない顔で眠っている金髪の美少女と赤髪の美少女がいた。

「…………」

俺はぎゅっと目を瞑《つむ》り、必死になって父性を発揮させる。まだまだ幼い彼女たちを慈《いつく》しもうと心に誓った。それからそっと目を開ける。

「んんっ……」

「んーん……」

ミューナとアウラがほぼ同時に息を洩《も》らし、俺にしがみついた。

足や腕が絡まる。色んなところが擦れた。

あ、ごめん。これ、耐えるのなんて無理っす。

「というわけで、今日から森での狩りも行うことにした」

翌朝、俺は教会前の広場で村人たちに言った。

「狩りには俺を含めて四人をあてようと考えている。隊長はアウラだ」

背中に隠れるようにして村人の様子を窺《うかが》っていた彼女を前に押し出す。村人の間に何ともいえない空気が広がった。

無理もない。さっきアウラを村の一員として迎え入れると宣言したばかりだ。そんな彼女を狩りの隊長にするなど、なかなか受け入れられないだろう。それに彼らの心情的に別の問題もある。

「村長、森に入るのは危ないっす」

「狩りをするなんて、逆に魔女に狩られるかもしれませんよ！」

「あそこには近づいたらいかん」

口々に反対の声が上がった。予想通りとはいえ、寝《し》不足の頭に響くんだよなあ。ああ、面倒くさい。こういうのは、論より証拠。百聞は一見に如かず、だ。

「村長命令だ。アウラを隊長にして森で狩りをする。隊員は隊長の言うことに従え」

強引に言うことを聞かせることにして、隊員を適当に選ぶ。一人はフリオにした。

「俺っすか⁉　マジで俺っすか⁉」

フリオは無駄にハイテンションで騒ぐ。もう一人は俺と同い年くらいの寡黙《かもく》な青年を選んだ。

名前はアドリアンだ。彼は無言で頷《うなず》いた。

俺を含めた四人は狩りの準備を整えて森に向かい出発する。

途中、洗濯場《せんたくじょう》で「いやあああああああっ……！」と泣き叫ぶミューナを見かけた。今日も元気にやっているようだ。

「本当に入るんすかっ？　本当に、森、入っちゃうんすかっ？　ヤベ怖ぇえっ」

「うるさい。黙れ」

森の入り口ではしゃぐフリオをアウラが冷たく黙らせた。フリオは口を噤《つぐ》んで俺に肩を竦《すく》めてみせる。お前、ホラー映画だったら真っ先に殺されるタイプだな。

「アウラ、森にはどんな獲物がいるんだ？」

下草を踏み分け、森の中を進みながら先頭のアウラに尋ねる。

「この時期だと鹿がいいかも。あとは狸とか狐もっ」

「鹿か。危険な動物はいないのか？」

「いるよ。猪とか熊とか下手《へた》したら死ぬよ。でも、熊は滅多《めった》に見ないし、猪も対処を間違えなかったら平気だから。猪も美味《おい》しいんだよねーっ」

「熊、いるのかよ……」

「だから滅多に出ないって。それにボク、一頭仕留めたことあるしっ」

あの床に敷いてあった熊はアウラ自身が狩ったものだったと言っていたな。

「なんかあいつ、俺と村長で態度違い過ぎないっすかー？」

後ろのフリオが小声でぼやいた。

アウラも簡単に村人を許せるとは思えない。一応、「悪魔の力」については誤解を解こうと俺から話してみたが、本の読めない村人たちにとっては得体の知れない物という認識は変わらなかったみたいだからなぁ。

「シッ」

しばらく歩いたところでアウラが立ち止まった。唇に人差し指を当ててこっちを振り向く。目つきが厳しかった。

「獲物っすか？」

フリオが小声で聞く。最後尾を歩くアドリアンに頭をひっぱたかれた。

アウラが俺に身を寄せて茂みの先を指差す。

目を凝《こ》らすと鹿がいた。

おっ？　けっこうでかいぞ。あれを仕留めるのか？

俺を見て小さく頷くと、ここで待っていろと言うようにアウラが手の平をこっちに向ける。

そして弓に矢をつがえつつ一人、するすると先に進んでいった。

「俺らも――」

フリオの口をアドリアンが手で塞《ふさ》ぐ。この人、連れてきて正解だったな。

俺たちは息を潜めて展開を見守った。

アウラは思いの外、鹿に近づいていく。木々に身を隠しながら進んでいるが、あんなに近づいてはさすがに気づかれるんじゃないか？

鹿がふと首を巡らした。

俺たちの方がビクッと狼狽《うろた》えてしまう。

ところがアウラはその一瞬でさらに鹿に接近した。

もう弓矢じゃなくて飛びかかっても捕まえられそうな距離だ。

鹿の耳がピクッと動いた。

瞬間、タッと逃げ出す。

「あっ！」

思わず声が出た。

ドサリと鹿が倒れる。その胴には矢が刺さっていた。

「何すか、今のっ？」

フリオが目を剝《む》いて叫ぶ。

「矢を射た方に、鹿が逃げていったっすよ!?　魔法っすか!?　魔法なんすかっ？」

俺も目を疑った。

確かに鹿は逃げ出したのだ。そしてアウラが弓矢を射た。射た瞬間はまるで見当違いの方向に射たように見えたのだ。それなのに鹿が跳ねるようにして自ら矢に刺さりにいった。

信じられないものを見た興奮のままアウラの下に走る。

鹿の側に蹲《うずくま》っていた彼女は俺たちを振り向いて「上手《うま》くいったよ」と微笑《ほほえ》んだ。

「お前、マジすげえなっ？　えっ？　どうやったん⁉　どうやって鹿を操ったん⁉　マジでマジでピョーンて矢のところに鹿が飛んだろ⁉　何なん、あれっ？」

フリオがはしゃぐ。アウラは眉間《みけん》に皺《しわ》を寄せて俺の背に隠れた。

「落ち着け、フリオ。警戒されてるぞ」

「だって村長、こいつマジすごくないっすか⁉　ヤッベ、俺も狩りしてぇわー！　早く熊とか仕留めてぇわー！」

ナイフ片手に叫ぶ。後頭部をアドリアンにひっぱたかれた。

「けっこう大きいの仕留められたし、早めに血抜きしたいんだけど」

アウラが俺を見る。初めての成果としては十分過ぎる獲物だ。すぐに帰って村人たちに見せてやるべきだろう。

「よし、今日はこのくらいに――」

そこで背後に視線を感じた。

咄嗟《とっさ》に振り返る。しかし誰もいない。ただただ森が広がっているばかりだ。

いや、その先に何か人工的なものが見えた。

「あれは……家か……？」

「ああ、そうだよ」

アウラが俺に寄りかかって森の先を見透かす。

「多分、魔女の家。ボクも行ったことない……っていうか近寄ったこともないけど。あそこには森の守り神様がいるから近づいちゃダメだって、お父さんが言ってた」

「そうか。なら、近づかないようにしよう」

俺は何となく手を合わせてから村への帰還を告げた。


アウラの活躍はあっという間に村中に広まった。

主にフリオが言いふらしたからだが、それを寡黙なアドリアンが事実と認めたので誰もが信じたらしい。日頃の行いって大事だよな。

ついでに「さすが村長だぜ！」「森での狩りを決断できるなんて村長さすがです！」と村人たちに褒め称《たた》えられた。あまりに鮮やかな手の平返し、俺でなきゃ見逃してただろうな。

初日の獲物は広場で火を熾《お》こし、皆で食べた。そのお祭り感が功を奏したのだろう。アウラを隊長とする狩人隊は村に受け入れられていった。

さらに次の日から狩りだけでなく、キノコや薬草などの採集もアウラの家にある植物図鑑を使って行うようになり、ようやく「悪魔の力」が教会の流したデマであることを村人たちも実感するようになった。

「けっこう良い感じになってきたな」

「ボクのお蔭《かげ》だよね！　村長はボクのこと、もっと大事にして良いよ！」

「調子に乗ってるなあ。もちろん、アウラには感謝してるぞ」

夕食の席でアウラと二人、楽しく笑う。

そんな俺の横顔に恨めしそうな視線がグサグサ刺さってきた。

「……どうしたミューナ？　そんな呪い殺そうとするかのような目を向けて」

「何でこいつがいるの……？」

ミューナは邪神化しそうな禍々《まがまが》しいオーラを放ちつつアウラを指差す。

「ここは私とオサフネの家でしょ！　何でこいつが毎日毎日毎日毎日うちでご飯食べて、あげく泊まっていくの⁉　あんた、家帰んなさいよ！　ここより向こうの方が快適なんでしょっ」

むーっと膨《ふく》れ面《つら》を見せるミューナに対し、アウラは余裕の笑みで答えた。

「ミューナ、ボクのことはお姉さんって呼んで良いんだよ」

「絶対、イヤ！」

「やっと分かってきたんだけど……」

アウラが俺を見て、にんまり笑みを深める。

「ミューナってブラコンだよね。私のお兄ちゃんを取らないでよーって、嫉妬《しっと》してて可愛《かわい》い」

「イヤあああああああああああああっ……！」

ミューナが床に倒れて転げ回った。

「そんな誤解を受けるだなんて、屈辱《くつじょく》よおおおっ……！」

「そこまで言うか」

「何がお兄ちゃんよ、このオジサン！　ロリコン！　人でなしぃ！」

暴れるポンコツ女神見習いは放置して、俺は明日の予定についてアウラと話し合った。

第四章 ねえ、どんな気持ち？

あっという間に一ヶ月経った。

「いやっはあああ！　気持ち良いぜえええ！」

その間に新しい井戸が完成し、水回りのあれこれが更に便利になった。男どもが水を浴びせあって女性陣に怒鳴られる光景をよく見かける。作業の後、汗を流すのに丁度《ちょうど》いいからな。

アウラ隊の狩りや採集は成果を上げ続けている。俺がいなくても皆、アウラの指示に従うようになってくれて助かった。

「うえええええええええええ……！　もう洗濯《せんたく》飽きたああああああ……！　何で毎日毎日洗濯物があるのよおおおおおお……！　みんな服着るなあああああああ……！」

そしてミューナは相変わらず泣き言を叫びながらオバチャンたちと洗濯をしている。あいつ、本当は楽しんでるんじゃないか？

「で、村長、毛皮の件なんすけど」

若者たちが身を乗り出してきた。俺は「良いね」と艶々《つやつや》した毛並みの毛皮をテーブルに戻す。

これは狐の毛皮だ。他にも狸や鹿のものがある。

俺たちは今、教会の一室を使って町に売りに行く品物を吟味《ぎんみ》していた。やはり、この村だけで自給自足をするのは無理がある。主食となる小麦を栽培《さいばい》する平地が全《まった》く足りていないのだ。そういった、村に足りないものを手に入れるため、お金を稼《かせ》ぐ方法を模索している。

「毛皮は高く売れるはずっす！　貴族様や金持ち連中が豪勢なの着てるの、俺、見たことありますから！」

「ああいうのは加工するのに金が掛かるんだろ？　毛皮を店に卸《おろ》しても、どのくらいになるのか分からねえな……」

「こっから行ける町っつったらマラゴとかタラスだ。そこで片《かた》っ端《ぱし》から店回って、一番高値をつけてくれたところに卸せば良いんじゃねえか？」

「いっそのこと、山を越えて隣の国まで行くのもありかもなっ」

皆、ワイワイと活発に意見を交わしている。ああ、こういうのだよ。実のある会議っていうのは。若い連中はもちろん、意外とオッサンたちもキラキラした目で喋《しゃべ》っている。

「アウラの家に薬の調合方法とか載ってる本があったんだ。これを村で作って薬屋に卸すのも試してみたいんだが」

俺はアウラから借りた植物図鑑と薬学の本を開きながら言った。

「薬を作るんすかっ？　すげえ！」

「ああ、これってこないだ腹痛のとき飲んだやつだ。よく効いたんで売れますよ。作りましょうよ、村長！」

夢は広がる。俺たちはやる気で燃え上がっていた。

「なりませぬ。なりませぬぞ」

そこにドナルド神父が冷水をぶっかける。

「神父、何が問題なんだ……？」

部屋の出入り口から怨霊《おんりよう》のような顔でこっちを覗《のぞ》き見ている神父に尋ねた。

「町まで商売に行くなど、死にに行くようなものですぞおおおっ！」

神父の首が上がったり下がったりを繰り返す。何、その動き、怖い。この爺《じい》さん、除霊してもらった方が良くないか。

クケケケと異様な声で笑う神父に「どうしてだ？」と問い糺《ただ》す。ちなみに村人たちは冷めきった目を神父に向けていた。この人の発言力、地の底に落ちっぱなしだな。せめて俺だけでも話を聞いてみよう。

「盗賊団《とうぞくだん》が来るのです」

予想以上に具体的な危険性が出てきた。

「この村が安全でいられたのは、まさに貧しかったからに他ありませぬっ。大して旨《うま》みがなかったから盗賊団に目をつけられずに済んでおりましたっ。しかぁし！　町まで毛皮や薬を売りに行けばどうなりましょう⁉」

ズルリと蛇のような動きで神父が部屋に入ってくる。だから怖いよ。普通に入ってこい。

「たちまち噂《うわさ》を聞きつけた盗賊団が村を襲い、家々は焼かれ、村人は皆殺しにぃぃぃっ！」

「怖い怖い怖い怖い。俺に絡んでくるなっ」

血走った目で迫ってきた神父を押し止める。神父はよっこらせと近くの椅子《いす》に腰を下ろし、重々しい表情で首を振った。

「豊かになれば、それだけ危険も増えるのです」

「その盗賊団って、本当にいるのか？」

俺は村人たちを見回す。ドナルド神父の杞憂《きゆう》かと思いきや、皆も表情を曇らせていた。

「この辺に行商人が全く来ないのも、連中のせいなんす……」

一人が口を開く。

「かなり前から、ここらの山一帯を根城にしてて……。どこにいるのかまでは分からないんすけど、金目のものにはかなり敏感で、行商人が通ると必ず襲われるんすよ……」

「神父様の言う通り、この村は貧しすぎて標的にされてなかったんですけどね」

「やっぱ、武装して品物を守らないと危ないいんだろうな……」

「なるほど」

村の外にも問題があったようだ。なるべく早めに取り除いておく必要があるな。

「村を豊かにするには盗賊団への対抗策も考えないといけないか。どうやって……」

いや、待てよ。

自分の閃《ひらめ》きに思わず苦笑してしまった。

「その盗賊団は、金目の物にかなり敏感なんだよな？」

「はい。どこで探りを入れてるのか分かんねぇんですが、帰り道で襲われたって話をあちこちの村で聞くんですわ」

「こっちに向かった行商人が身ぐるみ剝《は》がされたってこともあったんで」

「そうか。分かった」

村人たちの話に頷《うなず》く。

「町へは、俺も行こう」


数日後、俺たちは毛皮や薬を担《かつ》いで町に向かった。

朝早く出立《しゅったつ》したので少し眠い。あくびをかみ殺していると隣から文句が飛んできた。

「ねー、何で私まで町に行かないといけないのよぉ。歩いたら疲れるじゃないっ。馬車はないのーっ？　まだ寝てたいーっ」

ミューナがぐいぐい袖《そで》を引っ張ってくる。

「洗濯はもうイヤだって昨日も泣いてたじゃないか」

「洗濯もイヤだけど、歩くのもイヤーっ！　オサフネのバカー！」

今日も元気そうで何よりだ。

「まったくミューナはワガママだよねっ。村に残してきた方が良かったと思うなーっ」

アウラが腕を絡めてくる。こっちは朝から上機嫌だ。弾むような足取りで山道をドっている。

「何であんたもついて来てんのよっ？」

「ボクは村長から直々について来てくれって頼まれたんだよ」

二人の間で火花が散った。何ですぐ言い合いになるんだろうな？　まあ、ケンカするほど仲が良いというし、きっと挨拶《あいさつ》代わりなんだろう。

「ミューナ、歩くの辛《つら》くなったら俺が背負ってやるからな！」

前を歩くフリオが振り向いてグッと親指を立てる。

「はいはい、ありがとー」

ものすごく冷めた顔でミューナがあしらう。それでもフリオはだらしなく頬《ほお》を緩《ゆる》めるのだから若さってのは切ないな。

俺を含め八人が町を目指している。

今日の目的地はタラスという山の麓《ふもと》にある町で、周辺の村から様々な特産品が集まる商《あき》ないの盛んな町だそうだ。昼前には辿《たど》り着くという話だったが、ミューナのことを考えると、売り物を担いでいる村人は先行させた方が良いかもしれない。

「もう歩けなーい。オサフネ、おんぶしてーっ」

早いな。歩き始めたばかりだぞ。

「まだいけるだろ。とりあえず山道を抜けるまで頑張れ」

「何で私が頑張らないといけないのよっ。私は女神なのよ！」

「女神だって頑張らないといけないときはある」

「適当なこと言わないでよ！」

「ほら、頑張れ」

俺はミューナの手を取って引っ張った。むすっと口を尖らせたものの、大人しくついてくる。

ちなみにフリオが靴紐《くつひも》でも締め直しているのか道のど真ん中で屈んでいたので、それを避けて先を急ぐ。背後で「ミューナ⁉」と叫ぶ声がしたが放っておこう。

「あーっ、ずるいよ」と反対の手をアウラが握ってきた。

その後もミューナはことある事に文句をブーたれていたが、何やかんやとなだめすかして歩かせ、予定通り昼前にはタラスに着いた。

「やっぱ活気スゲー！　マジスゲー！」

フリオが左右を見て語彙力《ごいりょく》の乏《とぼ》しい感想を叫ぶ。まだ町の中には入っていないのだが、門へと続く道には多くの荷馬車が連なっていた。もちろん俺たちのような徒歩の一行もいる。

「こんなたくさんの人見たの、生まれて初めてっすよ！　上がるわーっ」

「少し静かにしろ」

はしゃぎ続けるフリオをディエゴが叱《しか》った。行商の責任者は若者のリーダー的存在である彼に任せてある。いつもより肩肘張ってるみたいだが、それも仕方ないか。

列は順調に流れていき、すぐ俺たちの番がきた。ディエゴが門番に村の特産品を売りにきたと目的を告げる。ところがそれを聞いた門番がハッと鼻で笑った。

「お前らんところに売れるようなもんがあんのかっ？　貧乏村の貧乏人どもに汚《きたね》ぇ格好で町をうろつかれたら迷惑だ！　とっとと失せろ！」

「何だと、貴様っ？」

ディエゴがカッとなって門番に詰め寄る。おっとっと。まずい展開だな。

「どうした？」

「揉《も》め事か？」

他の門番もこっちに集まってきた。フリオたちも前に出て門番どもと睨《にら》み合う。あー、なるべく動けるメンツを選んだ結果だけど、若い連中だけで来たのは失敗だったか。

「貧乏人どもが粋《いき》がってんじゃねえぞ！」

門番の一人がディエゴを突き飛ばした。よろめいたディエゴが腕を振り上げる。

「村長命令だ。下がれ、ディエゴ」

「うおっ!?」

ディエゴが腕を振り上げた状態で固まり、器用にずるずる後退した。フリオたちだけでなく門番どもまであっけにとられている。こいつはチャンスだ。

「どうも、門番お疲れ様です。村長のオサフネと申します」

俺は最初に絡んできた門番に狐の毛皮を一つ差し出した。

「うちも何とか貧乏から脱出したくて試行錯誤《しこうさくご》の毎日ですよ。今日は山で獲れた毛皮を売ることができないか持ってきた次第で。どうです、良い毛並みでしょう？　お一つどうぞ」

笑顔で言うと、門番は毛皮を手に取り、ニヤリと笑う。おいおい、品性が丸わかりの下品な笑い方だな。

「そういうことなら通してやってもいいぞ。売れるといいな」

「ありがとうございます」

一礼し、皆を促した。悔《くや》しそうに顔を顰《しか》めながらもディエゴたちが門を潜《くぐ》る。最後に俺が通り過ぎようとしたところで門番に呼び止められた。

「ちょっと待て。お前ら、村の名前は何だ？　すっかり忘れちまってるわ」

おっと。

俺は軽く手を振って「村長ノート」を取り出す。まだ村の名前を決めていなかった。

「うちは……」

ええと、咄嗟《とっさ》に良い名前なんて浮かばないぞ。何でもいいや。

「ムラノ村です」

ノートにムラノ村と書き込んで閉じる。

「ムラノ村……ああ、そういやそんな名前だったな。よし、さっさと行け」

シッシッと追い払うように手を振る門番に会釈《えしゃく》をし、俺はディエゴたちに追いついた。

「毛皮、一つ無駄にしちまいましたね……」

フリオが門番の方を睨んでいる。ディエゴが「すみませんでした、村長」と頭を下げた。

「気にするな。関税みたいなもんだよ」

「さすが村長だねっ。大人の対応、格好良かったよ！」

アウラが嬉しそうに抱きついてくる。ミューナが対抗するように身を寄せてきた。

「さっきの門番たち、私のこと気持ち悪い目で見てたわっ。神罰下してやるんだからっ」

「ほどほどにな」

そう言いながら周囲を見回す。

「ここがタラスの町か」

やはり村とは比べものにならないくらい沢山《たくさん》の人がいて建物が連なっている。活気のある喧《けん》噪《そう》が心地よかった。もちろん前世で暮らしていた都会とは逆の意味で比べものにならないが。

「それでは、手はず通り頼むぞ」

「はい！」

ディエゴたちが勇躍して歩き出した。俺もそれに続き——

「もう歩けないーっ。どっか喫茶店でパンケーキ食べてキャラメルマキアート飲みながら寛《くつろ》ぎたいーっ」

袖を引っ張られて見下ろす。ミューナがその場に座り込んでダダをこねた。

「パンケーキって……。さすがにここにはないだろ」

「町なのにっ？」

「君の基準で考えるのは、そろそろやめた方が良いぞ」

「ねえ、村長。パンケーキってどんなケーキ？」

アウラが俺の腕を引いた。

「ボク、王都では午後ティーしてたんだ。美味《おい》しいチーズケーキ作るお店があって、そこのをホールで買って切り分けてお母さんと食べてたんだよっ」

ほほう。王都では紅茶が出回っているのか。にしても、アウラは意外とお嬢様なんだよな。今ではすっかり狩りガールになってるけど。

「村長、どしたんすかーっ？」

フリオに呼ばれる。「今、行く！」と答え、ミューナを無理やり引きずった。ポンコツ女神見習いは美少女台無しのだだっ子ぶりを見せてくれたが、それだけ体力が残ってるのなら休む必要なんてないよな？

日暮れ前、俺たちはタラスの町を後にした。

「スゲー！　マジスゲー！　本物の銀貨スゲー！」

フリオが語彙力のない感想を叫び続けている。それに対し「静かにしろ」と言うディエゴの表情にも喜色が洩《も》れ出ていた。

初めての商売は大成功といって良い。

持ち込んだ毛皮は全《すべ》て売れた。しかも予想より大幅な高値で。

あちこち歩き回って値段交渉をした甲斐《かい》があったわけだが、特にフリオが目覚ましい活躍を見せた。いつもの軽いノリで調子良く売り込み、容赦《ようしゃ》なく値をつり上げたのだ。それで断られた店も少なくなかったが、焦る仲間たちの視線をものともせず当たって砕《くだ》け続け、かなりの高額で買い取ってもらうことに成功した。

「あそこの店とは今後も良いつき合いができそうですね」

ディエゴが銀貨の入った袋を俺に渡しながら言う。

「銀貨三十枚に銅貨六枚。村のために活用しないとな」

「帰ったら今後について話し合いっすね！」

フリオが跳びはねる。

ただ、俺は全《まった》く浮かれていられなかった。

今日はここからが本番だからだ。

「もうヤだー……。本当に歩けないーっ……。オサフネ、おぶってー……」

泣き言を言うミューナの手をしっかり握る。腕にしがみついているアウラの腰に手を回して心持ち引き寄せた。

「な、何よ、オサフネっ？　私、別にそんな気ないんだからねっ」

「村長、みんなが見てるのに大胆《だいたん》だなあ。ボクは嫌いじゃないよ♪」

二人が何か言っているが、恐らく一番危険なのはこの二人なので、決して離ればなれになってはいけない。

さあ、エサは十分にまいたぞ。どこで食いつくんだ？

気を張って山道を登る。先頭はディエゴ。殿《しんがり》はアドリアンだ。側でフリオが「ミューナ、俺が背負ってやるよ」としきりにアピールしている。

「日が沈みましたね。足元、気をつけて下さい」

ディエゴがカンテラに火を灯した。

左右を木々に挟まれているので山道はすでに暗い。カンテラの明かりだけが頼りだ。さっきまでやいやい騒いでいたミューナですら俺に身を寄せてきた。

「こんなとこ盗賊団に襲われたら最悪っすね」

フリオが呟《つぶや》いた。すぐに「そういうこと言うな！」と怒鳴られる。まったく、フラグには事欠かない奴だ。

　それでもしばらくは平穏な時間が過ぎた。たまに何の声か分からない鳴き声が聞こえてきたが、その程度なら別に怖くない。

「へへっ。この調子なら問題なく村に帰れそうっすね」

　フリオがこっちを振り向いたときだった。

「うわっ？」

　先頭で悲鳴が上がった。ディエゴが尻餅《しりもち》をついている。カンテラが地面に転がった。衝撃のせいか火が消える。

　その一瞬前、俺はディエゴの足元に何かが刺さっているのを見た。

「弓矢だ！　みんな隠れろっ」

　誰かが叫ぶ。しかし俺たちが動くより早く大柄な人影が次々と木々の陰から姿を現した。

「よぉし、てめえら。動くんじゃねえぞ。大人しく言うことを聞きゃ命までは取らねえよ」

　一人が偉そうに言う。不意に明るくなった。何人かが松明《たいまつ》を掲げている。それで人影の姿をよく見ることができるようになった。

「と……盗賊団だぁあっ……！」

　フリオが叫んで腰を抜かす。ガクガク震える姿を見て周りから笑いが起きた。

「そうだ。俺たちゃ盗賊団『熊《くま》の爪《つめ》』だ。やり合おうなんて考えるなよ。てめえらの命はすでに俺らの思うがままなんだからなあ！」

いかにも悪人といった風体《ふうてい》の髭面《ひげづら》スキンヘッドが威圧する。頭にはご丁寧《ていねい》に刀傷までついていた。片刃の剣を肩に担ぐようにして持っている。服装は俺たちと大差ないが、毛皮の上着を身につけていた。ああいうの着てると山賊っぽいよな。

「お頭《かしら》ぁ、とりあえず縛《しば》っちまいますぜ」

周りの男たちが近づいてきた。皆、似たような格好をしている。盗賊団「熊の爪」の制服なのかもしれないな。

「くそっ……。どうします、村長っ？」

村人の一人が俺を見た。明らかに怯《おび》えている。アウラとミューナがしがみついてきた。二人とも声がない。恐らく怖すぎて声が出せないんだろう。

盗賊たちが俺たちに近づいてきた。一人一人、乱暴に縄をかけていく。俺たちのところにも数人がやってきて顔を松明で照らした。「おほぉっ」と気色悪い声を上げる。

「この嬢ちゃん、二人とも、すげえ上玉じゃねえか！」

「本当だぜ！　眉唾《まゆつば》もんだと思ってたが、こりゃ確かにすげえ！」

「金髪、きれいだねえ。ウヘヘヘヘ」

男どもがミューナとアウラに群がった。アウラがキッと睨《にら》みつける。

「ちょっと触んじゃないわよ！」

ミューナが腕を取られた。男たちが囃《はや》し立てる。強引に俺から引き離した。

「私は女神なのよっ。汚い手で触ったら神罰が下るんだから！」

「へへぇ、そうかい？　そりゃ怖《こえ》ぇっ」

盗賊どもは楽しそうに笑う。

「あのー、ちょっといいですか？」

さっき「お頭」と呼ばれた髭面スキンヘッドを見て、軽く手を挙げた。

「あん？」

あまりに無造作《むぞうさ》な行動だったからか、髭面スキンヘッドが俺を見る。

「俺、村長のオサフネと言います。貴方《あなた》が盗賊団『熊の爪』の団長でしょうか？」

「おうよ。俺様がここいら一帯を支配してる盗賊団の団長、ハビエル様だ！　てめぇがムラノ村の村長か。随分《ずいぶん》と若ぇなあ？」

こっちに近づいてきて俺の顔をまじまじと覗《のぞ》き込んだ。うわ、何か獣臭《けものくさ》いな。多分、体洗ってないんだろうな。

「ハビエルさんですか。本当に団長なんですか？」

「何だ、疑うってえのか？」

「だって天下に名だたる盗賊団『熊の爪』の団長が、俺たちみたいな貧乏村の村人を襲ったりしますかね？　俺たち、一銭も持ってませんよ？」

「ダッハッハッハッハ！」

ハビエルが大笑いする。周りの連中も笑い出した。

「なかなか言うじゃねえか、村長さんよぉ。でもなあ、ネタは上がってんだよ。てめえらがタラスでたんまり儲《もう》けたってことはなあ。貧乏村なんざ襲っても無駄だと思って無視してきたが、これからは甘ーい汁をたっぷり吸わせてくれそうだなあ、オイ」

ニマニマと気色悪い顔で嗤《わら》う。俺の肩をバシッと叩いた。

「なるほど。だいたい予想通りだな。細かいことは後で聞くとして」

俺はハビエルの手を払いのける。

「村長命令だ。ハビエル、お前の手下を全員、そこに並べて名前を教えろ」

「ああん⁉」

団長の顔が怒りで真っ赤になった。「何だ、てめえ⁉」と周りの男どもも気色《けしき》ばむ。

「村長、てめえ……俺様に命令するとは良い度胸じゃねえか⁉　おい、野郎ども。そこに一列に並べ！」

「えっ？」

「お頭？」

「聞こえなかったのか⁉　さっさと、俺は何を……いいから並びやがれぇっ、あれぇっ？」

「並べるのは無理があるか。あいつの名前は？」

「ゴンズだ……って、何で答えてんだよ、俺は⁉」

「その隣」

「マラゴス……いや、だからあああっ」

「あっちの出っ歯は？」

「イビオだ……おおおいっ？　てめえ、俺に何しやがった⁉」

摑《つか》みかかろうとしたが、ハビエルの腕は俺に届く手前でビタリと止まった。

「どうなってんだよぉぉぉっ？」

「さくさくいこう。あいつは？」

俺は片《かた》っ端《ぱし》からノートに名前を書き連ね、予想外の事態に啞然《あぜん》としている盗賊どもを無力化していく。森の奥に隠れていた仲間たちも連れてこさせて全員の名前を書きとめた。

総勢、三十四人。これはけっこうな大所帯だな。

「さてと。それじゃ、お前たちの根城に案内してもらおうか」

盗賊どもを地べたに正座させた俺はハビエルを見下ろして言った。ちなみにディェゴたち村人は皆、無事だ。アウラとミューナが俺にくっついて離れないのが少々困りものだが。

「村長、すげぇっ！　何がどうなってんすかっ？」

フリオがあわあわと尋ねる。答えの代わりに俺は銀貨の入った袋を放った。

「お前たちは先に村に戻ってろ。俺はこいつらの根城に行って少し話をしてくる」

「危ないですよ、村長！」

ディエゴたちが引き止めようとする。まあ、その反応が普通だよな。

「俺は大丈夫だ。ミューナとアウラを頼むぞ」

そう言って二人を託そうとしたが、どっちも腕から離れようとしない。フリオが「ミューナ、一緒に村に帰ろう」と声を掛けたが「絶対、イヤ！」と俺の腕に痛いくらいしがみついた。

「何で離れないんだよ？　今日は歩きづめだから、さっさと帰りたいだろ？」

「別に帰りたいなんて言ってないし……！　オサフネのバカ……！」

何なの、この理不尽女神見習い。

「ボクも村長から離れないよっ。生きるときも死ぬときも一緒だって誓ったんだから！」

「いっ？」

アウラも無茶を言うな。

二人とも頑として俺から離れようとしないので、仕方なく連れていくことにした。他の村人には帰ってもらう。フリオの背中がとても寂しそうだった。

「村長命令だ。根城に案内しろ」

「ちくしょうっ……！　てめえ、どんな魔法を使いやがった？　俺様にこんなことしてただで済むと思うなよ！　体は好きに出来ても、心までは好きにさせねぇんだからな！」

うわーっ……。髭面スキンヘッドに言われても気色悪さしかないな、その台詞《せりふ》。

悔しがるハビエルに先導させ、俺たちは山を登っていった。真っ暗な中を松明の明かりだけで細い獣道《けものみち》を進む。けっこうハードな道程だったが、アウラはもちろん、ミューナも一言も泣き言を言わなかった。

やがて、小さな砦《とりで》に辿《たど》り着く。

「村長命令だ。俺の言う通りに喋《しゃべ》れ」

「ぐぬぬぬぬっ……。本当にてめえ、覚えてろよっ」

留守番の連中も門まで集合させ、全員の名前をノートに書き込んだ。これで総勢五十六人。

おいおい、うちの村とほとんど変わらない人数だぞ。

しかも留守番をしていた中には女性もいた。すごく怖そうなマッチョばかりだったが。

「おおっ。うちより快適そうだな」

ハビエル団長の部屋に入るなり、俺は思わず声を上げてしまった。

広々とした室内に豪勢な絨毯《じゅうたん》が敷いてある。壁には剣や槍、斧《おの》といった武器が飾ってあった。これ、すぐにでも使えるよう手入れされてるな。

「こんなところにまで入ってきやがって……！　俺をどうするつもりだ、村長!?」

ハビエルは覚悟を決めたように床にあぐらをかいた。

「やっちゃいなさい、オサフネ！　こいつは私に無礼を働いたのよ！　これは神罰よ！」

ミューナがうるさい。こいつに慈悲《じひ》の心はないのか？

「村長、本当に何をするつもりなの？　ボク、心配だよ……」

アウラが瞳をうるうるさせる。うわ、すっごく可愛《かわい》い。

「俺はお前と話がしたいだけだよ、ハビエル」

項垂《うなだ》れている髭面スキンヘッドの前にあぐらをかいて座った。相手がチラリと俺を見る。

「情報を流してるのは町の門番だな？」

ハビエルの肩がピクッと揺れた。

「お前たちのやり口を考えてみたんだ。それぞれの村に手下を潜ませたり、山道に網《あみ》を張っておいたり。でも、一番効率が良いのは町の門番を抱き込んで連絡させることだ」

髭面スキンヘッドが顔を上げる。ニヤリと笑った。

「村長、あんたも悪党の才能があるぜ」

「嬉しくないけど、ありがとう」

「だが、そんだけで門番を疑うもんかね？」

「疑問はもう一つあった。盗賊どもは必ず帰り道で襲っている。俺たちは一旦、金に換えてそのまま村に戻ろうとしたけれど、大抵は町で入り用のものを買って帰るはずだ。つまり、荷を奪うというなら行きでも帰りでもそんなに変わらない」

「夜道の方が襲いやすいからとは考えなかったのかよ？」

「それを警戒して町で一泊して朝に帰ろうとした村もあったって聞いてな。これは絶対に帰り道じゃないと成立しない何かがあると思ったんだ。で、確信した。獲物の情報を町の門番から入手して動いているから帰り道なんだってな」

ハビエルが感心したように髭を撫《な》でる。

「ムラノ村にこんなキレもんがいるたぁ知らなかったぜ」

実は盗賊団と門番が繋《つな》がっていると確信したのにはもう一つ理由があるんだが、それはこいつらには教えられない。

俺はムラノ村という名前を門番に聞かれて咄嗟《とっさ》につけた。つまり、それ以前、俺たちの村は別の名前で呼ばれていたはずなんだ。それなのにハビエルは俺が名乗ったとき、「ムラノ村の村長」だと口にした。

こいつが「ムラノ村」を知っていた理由は唯《ただ》一つ。門番に聞いたからだ。

「それで、村長さまは俺たちをどうするおつもりで？　長いこと俺たちを放置してきた腰抜け領主に引き渡すのかよ？」

「ああ、それはない」

俺はひらひら手を振った。隣でミューナが「えっ？」と目を剝《む》く。

「こんな奴ら、処刑場で斬首《ざんしゅ》でしょ！　さっさと領主に言いつけなさいよ！」

「村長、こいつらを生かしておいたら悪さをし続けるよっ」

アウラも眉間《みけん》に皺《しわ》を寄せた。

俺は首を捻《ひね》り、ハビエルを見つめた。

「ここら一帯を支配してるって言ってたよな？　相当な恨みを買っているだろうし、このままだといつか軍が動いて皆殺しにされるぞ」

「そんときゃ死ぬまで戦うだけだ。どうせ他にできることなんてねぇんだからな」

髭面スキンヘッドが壁に掛けられた武器を顎《あご》で示す。やる気満々だな。

「あの武器、買ったのか？」

「バカ言うな。盗んだり拾ったりしたもんを打ち直して使ってんだよ。腕の良い鍛冶《かじ》職人がいるんだ。住んでた町で貴族といざこざ起こして逃げてきたらしいぜ」

「なるほど。ここには他にも職人がいるよな？　砦《とりで》の門構えや櫓《やぐら》の造りも相当しっかりしているようだし」

「どいつもこいつも食いっぱぐれた連中よ。俺も昔は傭兵《ようへい》だったんだ。ちょいと余計な人殺しをしちまって、この有様だがな」

自嘲《じちょう》するように鼻で笑う。

「なら、盗賊団なんて解散しろ。お前たちは全員、ムラノ村の村人なんだから」

「ハアッ？　何、言ってんだ⁉」

ハビエルがあんぐり口を開けた。

「とりあえず、この砦は放棄して村に新しい家を建てようか。村の正門や囲いも造りたかったんだ。資材は森から切り出せば良いし、ここにある柵《さく》を解体して向こうで組み直すのも良さそうだな。うん、それでいこう！」

「それでいこうじゃねえよ！　嘗《な》めてんのか、村長⁉」

「まだ気づいていないようだな」

俺はハビエルの筋肉ガチガチな胸に指を突きつけた。

「お前はすでに、村人になっている」

「なん……だとっ……？」

顔を青ざめさせる髭面スキンヘッド。

「やはり、俺たちに魔法をかけやがったんだな⁉　くっ……覚えてやがれ……！」

「何とでも言えば良い。俺はお前たち全員を村人として迎え入れる。村長命令だ。盗賊団『熊の爪』は解散。元団員は全員、ムラノ村に移住しろ」

「ぐぬううううううううううううううううううううっ……！」

頭を抱え、ハビエルが悶絶《もんぜつ》する。命令に従おうとする体を必死に押さえ込もうとしているのだろう。だが、無駄だ。

「村長、これだけは言っておくぞ！」

懸命に俺を指差し、元盗賊団団長ハビエルは言い放った。

「俺は絶対、てめえなんぞに屈したりしない！　絶対にだ！」

「村長ーっ！　今日も大猟《たいりょう》ですぜぇっ！」

朗《ほが》らかな笑顔で髭面スキンヘッドが獲物を掲《かか》げる。あいつ、猪を片手で持ち上げてるんだけど、とんでもない腕力だな。

あれから二ヶ月ほど経った。

盗賊団「熊の爪」の元団員たちは即堕《そくお》ち二コマも真っ青のあっけなさで村に馴染《なじ》んだ。

当初は村人とのいさかいもあったようだが、根城に蓄《たくわ》えてあった酒を持ち出してきて一晩中飲み明かしたら翌日には仲良くなっていたらしい。どっちもチョロすぎない？

あと、職人がけっこうな数いたのも良かった。村を守る囲いや立派な正門を造ってくれたことでオバチャンたちに感謝され、仲間意識が強まったようだ。

「良い感じで発展していくなあ」

猪の皮剝《かわは》ぎを見物しながら呟《つぶや》く。

「ねえ、オサフネ……」

ミューナが恨めしそうな目を向けてきた。さっき取り込んだばかりの洗濯物《せんたくもの》を抱えている。

「どうした？　今日の夕飯は狸鍋《たぬきなべ》だぞ」

「そんなこと聞いてないわよ！」

すっかり洗濯仕事が板についてきた女神見習いが地団駄《じだんだ》を踏む。

「私、いつまで働かないといけないのっ？　早く毎日ゴロゴロだらだら寝転がって快適に過ご

せるようにしてよ！　私のことチヤホヤ可愛がって崇《あが》め奉《たてまつ》ってよ！」

「君は決してブレないな」

まあ、三ヶ月程度で性根が変わることはないか。

「チヤホヤしてもらいたいならフリオにでも言え」

「絶対、イヤ！」

あいつも不憫《ふびん》だなあ……。

「ほら、何ていうのっ？　私、女神だからっ。チヤホヤするのにも、相応《ふさわ》しい人間がいるわけよっ。あ、勘違いしないでよね！　別にオサフネが良いって言ってるんじゃないのよ！　ただ、この村の中だったら、まあ、オサフネが一番マシっていうか、あんたになら私のお世話をさせてあげてもいいかなって思ってるだけで！　そもそもママが私のことを――」

「大変だよ、村長ーっ！」

アウラが息せき切って駆けてきた。

「誰か怪我《けが》したのか⁉」

俺は急いで彼女に駆け寄る。最近、アウラは狩りではなく薬草や山菜の採集チームを率《ひき》いていた。比較的、安全な仕事なので、こんなに焦っているのは珍しい。

「フリオがっ……フリオがっ……」

アウラが瞳を潤ませる。俺の手を取って「来て！」と引っ張った。

数人の男たちが俺たちの後に続く。森の獣道《けものみち》を掻《か》き分けるようにして走り、どんどん奥に入っていった。途中で誰かが叫ぶ。

「アウラ！　こっちはまずいんじゃないかっ？」

「この先は魔女のテリトリーになるぞ！」

「だからだよっ！　ボクはやめろって言ったのに！」

アウラが振り向いてそう答えたとき、前方に異様な物が見えた。

「村長！」

「こっちですっ……！」

採集チームの男たちが石像を囲んで立っている。石像の前に立った俺は、その顔をまじまじと見つめた。ああ、間違いない。

「これ、フリオだよな」

「魔女に石にされちゃったんだ……」

アウラが項垂《うなだ》れて力なく答えた。

「『こっちにも良さげなキノコとかあるんじゃね？』って言って、踏み入っちゃダメだってところまで踏み込んで……。ボクも止めようとしたんだけど……」

「いきなりピカーッて光って、俺たちが駆けつけたときにはこんな有様だったんです」

石像の側にいた男たちが石像の頭をペシペシ叩きながらつけ足す。

ああ、フリオ。お前、いつかやると思ってたよ……。

ホラー映画なら即死アウトだったことだろう。だが、これはもっとファンタジーな案件だ。

魔女とご対面する必要があるな。

ぶっちゃけ、ちょっとワクワクしている。フリオは完全に石化していた。魔女の呪いを解いてもらうため試練を受ける的な展開、おとぎ話でよくあるよな。

「みんな、フリオを村の広場まで運んでくれ」

「村長はどうするの？」

心配そうな目でアウラが尋ねた。察しが良いな。

「俺は魔女に会ってくる。フリオの非礼を詫《わ》びて石化を解いてもらうよ」

「ボクも行く！」

「それはダメだ」

「ボクたちは生きるときも死ぬときも――」

「ダメだ」

俺は彼女の目を見て強めに言った。さすがにアウラを守る自信がない。

「俺は大丈夫だ。みんなと一緒に待っていてくれ」

「絶対、帰ってきてよ……」

「当然」

一度、彼女を抱きしめて石像とともに送り出す。何度もこっちを振り向いていたが、やがて森の木々に姿を消した。一人きりになる。

「さて、今度は魔女か。『村長ノート』で上手《うま》く先手を取らないといけないけど、今回はアウラのときのように前もって名前が分かってるわけじゃないからな……」

緊張で胃が縮む思いだ。無理やり笑顔を作ってみる。

「よし、行くか！」

太股《ふともも》を一打ちして歩き出した。

魔女の家は以前、一度だけ見かけたことがある。そのときの記憶を頼りに進んでいると霧が出てきた。いかにもな演出に肌寒さを感じる。それでも引き返すわけにはいかない。

「確か、この道を進めば……」

霧のせいで薄暗い森の奥に目を凝《こ》らし、一歩一歩確かめるようにして進んだ。

魔女の家まで、それほど距離はないはずだ。

奇妙に静かな森を歩き続ける。

ただ黙々と。

黙々と。

…………。

おかしい。

どのくらい歩いたのか。

時間の感覚がなくなってきた。

周りはすっかり霧に包まれ、一様に薄暗い。

これでは方角も時間も見当がつかない。

しまった。

立ち止まり、背後を振り返る。

霧に包まれた薄暗い森が続くばかりだ。

魔女に先手を打たれた。

恐らく、この霧は魔法によって作り出されたものだろう。

侵入者を迷わせ、永遠に彷徨《さまよ》わせる結界のようなもの。

それに囚われたようだ。

「さすがに無理があったか。でも、俺は村長だからな」

気合いを入れ直して再び歩き出す。

こうなったら根比べだ。

きっと魔女はどこかで見ている。

それこそ水晶玉なんかでヒェッヒェッヒェッヒェッとか笑いながら見てるイメージがありありと思い浮かぶぞ。

相手が見ているのなら、こっちも懸命に試練に挑む姿をアピールすべきだ。魔女の気が済むまで彷徨い続けてやる。

俺は村長だからな。


一体、どれだけ歩いたのだろう。

肉体的にも精神的にも疲労のピークに達していた。

それでも執念で歩き続ける。

絵本なんかではサラッと描いてあるけれど、大抵、主人公の乗り越える試練はえげつないものが多い。イバラで傷だらけになったり何日も歩きづめだったり。

そのことを思うと、まだ弱音を吐く段階じゃないと思えた。

意識を失いそうになるたび、頰《ほお》を叩いて目を覚ます。

霧に包まれた薄暗い森を、ただひたすら歩き続けた。

「こんなもん……ブラックな職場で味わった苦渋《くじゅう》に比べたら、どうってことないなっ……！」

我ながら危ない思考に陥《おちい》っている。

あれを基準にものを考えてはいけない。

フフッ……と笑みが洩《も》れる。

そのとき、背後から光が差した。

「ん？」

「女神（見習い）パアアアアアアアアアアアアアアアアアアアアアンチ‼」

凄《すさ》まじい突風とともに周囲の霧が吹っ飛んだ。

風に押されて転びかける。踏ん張って後ろを見た。

「こんなところにいた！　何やってんのよ、オサフネ！　今日の夕飯、狸鍋なんでしょ！」

ミューナが右拳を突き出して立っていた。

「お前、どうしてここに……？」

「オサフネが一人で魔女のところに行ったって聞いたから心配……じゃなくて！　お腹空いたから捜しに来ただけよっ。勘違いしないでよね！」

こいつ何で雑なツンデレ発言してるの？

「もう日が暮れるわよ！　いつまでこんなところいるわけっ？　早く帰るわよ！」

「ご飯」「ご飯」と騒ぐ彼女の顔に不覚にも和《なご》んでしまった。

「助かったよ、ミューナ。ありがとう。正直、けっこうやばかった……」

辺りを見回す。

森の中なのは変わらないが、霧が消し飛んだ今、魔女の家が暗闇にぼんやりと浮かび上がって見えた。こんな近くにあったなんて。ひょっとして俺はこの周りをぐるぐると回り続けていただけなんじゃないか？

「さあ、帰るわよ！」

　ミューナが腕を引く。

「待ってくれ。ミューナも知ってるだろ？　フリオがここの魔女に石像にされたんだ。俺は魔女に謝って、あいつの石化を解いてもらわないといけない」

「えーっ……。別にあのままで良くない？」

「良くない」

　俺はすぐ側に聳《そび》える二階建ての家を見上げた。家というより屋敷といった方が正しいか。以前、見かけたときはこんなに大きいとは思わなかった。

「もーっ。また明日来れば良いでしょ！　お腹空いたーっ」

「また明日、来られるかどうか分からないだろ。そういえば、ミューナ。あの霧、どうやって晴らしたんだ？」

「フフン」

　ミューナが偉そうに胸を張った。あ、これは聞かない方が良かったな。

「まー、私くらいになると、下界の魔法なんてこれっぽっちも効かないのよねーっ。呪い？　幻術？　ヤだ、オサフネったらそんなのに囚われちゃってたのー？　プーックスクス♪」

「君は煽《あお》らないと死ぬ病気にでも罹《かか》っているのか？」

「アハァン？　何か言ったかしら、幻覚魔法にかかって同じ所を延々ぐるぐる回り続けてたムラノ村の村長オサフネさ〜ん？　私だったら、こんなの指先一つで浄化しちゃえるから、何でこんな暗くなるまで彷徨い続けてたのか分かんないなーっ」

ピタピタと俺の頬をドヤ顔で叩く。この娘、やはり邪神に向いてるんじゃないか？

「ねえ、どんな気持ち？　ポンコツだの何だの言ってないがしろにしてきた私に助けられて、今、どんな気持ち？　ねえ、ねえっ？」

「すごく感謝しているよ。ありがとう」

そう返して頭を撫《な》でた。さらりと艶《つや》やかな金髪が指に心地よい。こういうところは女神（見習い）に相応しいんだけどなあ。

「んひぃっ？」

奇妙な声を上げてミューナが硬直した。何だ？　暗くてよく分からないが、顔が赤くなってないか？

よく見てみようと顔を近づけたら、腹を殴《なぐ》られた。そんなに痛くないが、いきなり何をするんだ、こいつは？

「このっ」「このっ」と俺の腹を殴り続けるミューナは放っておくことにして、改めて魔女屋敷に向き直る。ミューナのパンチが今度は背中に当たりだした。腰の辺りが意外と気持ち良い。凝《こ》ってるんだろうなあ。誰かマッサージとかしてくれないかな。

玄関扉を見つけて、そちらへと歩く。「ちょっと！」とミューナもついてきた。

「本当に魔女に会うの？　もう寝てるんじゃない？　明かり点いてないしっ」

ミューナがそう言った途端、ボッと玄関に明かりが灯った。

「寝てないみたいだな」

扉についていたノッカーをつまんでノックする。

息を呑《の》んで反応を待った。

ノブが回り、内側から扉が開く。

「は～い！　いらっしゃいませ～」

予想外に幼い声がした。それも足元から。

「ムラノ村の村長さんですね～。お姉ちゃんがお待ちですよ～」

見下ろした先には可愛《かわい》らしい幼女がいた。まだ五歳くらいではなかろうか。それでもしっかりした態度で俺たちを迎え入れる。

「どうぞ、お足元にお気をつけくださ～い」

幼女がトテテと奥に進んだ。「お邪魔します」と会釈《えしゃく》して中に踏み入る。俺の背中に隠れるようにしてミューナもついてきた。

入ってすぐは玄関ホールとでもいうべき空間だった。二階まで吹き抜けになっている。俺たちが入ったときは暗かったのに、急に明るくなった。見上げると天上から吊されたシャンデリアが室内を照らし出している。

「かなり豪華な造りだな……。魔女というより貴族っぽいぞ」

「でも、魔力が高いのは間違いなさそうね」

背中でミューナが呟《つぶや》いた。

「魔力とか感じるのか？」

「とびっきり濃いやつをね。あ、先に言っておくけど……」

ミューナが前方を愛らしく歩く幼女を指差す。

「あの子、人間じゃないから」

第五章　君にも真っ当な心があったんだな

「ようこそ、ムラノ村の村長さん」

人間ではない幼女に案内された二階の一室には銀髪の美少女がいた。

年代物らしき椅子《いす》に悠然《ゆうぜん》と腰掛け、こっちを値踏みするように見ている。豊満な胸に、すらりと長い手足と切れ長の目。そして何より、細く長い耳。

エルフだ。

本物のエルフが透き通った碧眼《へきがん》で俺のことを見つめている。

おおおおお！　やはり西洋風ファンタジーはこうでないとな。

「……聞いてます？」

エルフの美少女が目を細めた。おっと、いかんいかん。興奮している場合じゃない。

「失礼しました。ムラノ村の村長をしております、オサフネと言います」

彼女に頭を下げる。エルフ美少女は適当に頷《うなず》きを返した。

「後ろの娘は？」

「こっちは俺の妹で、名前は――」

「あんた何様なの、エルフの分際で！」

このポンコツ、常にケンカ腰で入るスタイルは改めて欲しい。

「私は女神アローナの娘、ミューナ！　いずれ、あんたたちの運命を司《つかさど》る女神よ！　さあ、敬《うやま》いなさい！　崇《あが》め奉《たてまつ》りなさい！　跪《ひざまず》いて足を嘗《な》めなさい！」

「………………」

エルフ娘が分かりやすく顰《しか》め面《つら》になった。ああ、その気持ち、よく分かるよ。

「妹さんは何かの病気なのかしら？」

「そういう年頃なんです。温かい目で見守ってあげて下さい」

俺たちは頷き合った。

「ちょっと！　私をイタイ子みたいな目で見るのやめなさいよ！　正真正銘《しょうしんしょうめい》、本物の女神（見習い）なんだから！　オサフネ、何であんたまで可哀想《かわいそう》な子を見るような目で私を見てるの！　おかしいでしょっ」

「お名前をお聞きしてもいいでしょうか？」

俺はミューナに揺さぶられながらエルフ娘に尋ねた。

「皆からは、ニンファと呼ばれているわ」

「では、ニンファさんとお呼びしても？」

「いいでしょう。ここまで来た勇気に免じて認めてあげましょう」

かなりの上から発言だが、そういう高慢な感じもエルフっぽくていいなあ。高潔な森の守護者って雰囲気《ふんいき》出てるよ。

「それで、オサフネ。何用かしら？」

肘掛けに肘をつき、ニンファが尋ねてきた。いや、これはただの儀式みたいなものだ。彼女は俺がここに来た理由など、とっくの昔に気づいている。

「このたびは、うちの村人がニンファさんの領域に踏み入ってしまって、すみませんでした」

深々と頭を下げる。俺を揺さぶり続けていたミューナが「ちょっと」とよろけて俺から慌てて手を離した。

「どうか、フリオの石化を解いて下さい」

頭を下げたまま続ける。「そうねえ」と含みのある声がした。

「最近、森が随分《ずいぶん》と騒がしくなったわ……」

「俺たちも、生きていかなければなりません。節度を守って狩りや採集をしておりますので」

「木も切り倒されて……」

「必要な分だけ切り出しております。森を失えば俺たちも生きていけませんので、決して切りすぎることは致しません」

「貴方《あなた》に村人を率《ひき》いるだけの力があるのかしら？」

「誠心誠意、努めます」

ここはひたすら堪《こら》えて真摯《しんし》な態度を見せる。

ニンファがハアと息を吐いた。

「仕方ないわね。今回は貴方の態度に免じて――」

「ちょっとオサフネ！　何で、こんな小娘に頭下げてんのよっ。顔を上げなさい！」

最悪のタイミングでポンコツ女神見習いが邪魔してきた。

俺の顎《あご》を下から強引に突き上げ、無理やり体を起こさせようとする。あげく、ニンファに向かってビシッと指を突きつけて叫んだ。

「いつまで調子に乗ってんのよ、この高慢エルフ！　あんたなんか今すぐひれ伏して『ごめんなしゃあああいっ……。わたちが悪かったでしゅううううっ……。ぐひん、ぐひん』って泣いて謝れば良いのよっ」

「おい、ミューナ……」

「さあ、オサフネ！　『村長ノート』の出番よ！　さっさとやっちゃいなさい！　こういう人生を嘗めてる奴はいっぺん痛い目見るべきなのよ！　なーっはっはっは！　いいざまだわ！」

「村長命令だ……。今すぐひれ伏して泣いて謝れ」

「なーっはっはっは！　って、え……？　何で私があああああああっ……⁉」

ビタンと強い力で押さえつけられるようにしてミューナがその場に跪いた。さらに頭がゆっくり床へと下りていく。ぐぎぎぎぎっ……と鬼のような形相《ぎょうそう》になって堪えるが、ポンコツ女神見習いに勝ち目などなかった。

「ぬあああああああああああああああっ……！　何で私がっ……こんなことしないといけないのよおおおおおおおっ……？　オサフネのバカああああああああああ……！」

ゴン、と木の床に額を打ちつけ、ミューナがニンファにひれ伏した。

「まあっ？」

ニンファが口元に手を当てて目を見開く。そういう仕草も品があって良いな。

「私はっ……謝らないわよっ……！　謝るくらいなら、舌を噛《か》み切って死んでやりゅう！」

「村長命令だ。自殺は許さん」

「ふぎゅううううううううううっ……」

ダンダンと拳を床に叩きつけてミューナが悔《くや》しがる。何というか、壮絶《そうぜつ》な光景だな。

「イヤああああああああああああ……！　イヤよおおおおおおおおおお……！　屈辱《くつじょく》……！　屈辱だわあああああああ……！　こんなふうに辱《はずかし》められてっ……。私が何をしたっていうのよおお……！　オサフネのバカあああ！　ロリコン！　ヘタレえええええ！」

ぐひん、ぐひんと泣き出した。

いや、すごい被害者ぶってるけど、色々やらかしてるからな、お前。あと、いわれなき誹謗《ひぼう》中傷《ちゅうしょう》は本当にやめろ。

「えと……あの……石化は解いてあげるから、もう帰ってくれないかしら？」

ニンファを見るとドン引きしていた。雪のように白い顔が真っ青になっている。

「あ、何と言いますか、すみません……」

俺は丁重に頭を下げた。

「ごめんなしゃあああいっ……。わたちが悪かったでしゅううううっ……」

そしてミューナも命令に屈して泣いて謝った。

「酷《ひど》い目に遭《あ》ったわ！　全部、オサフネのせいなんだからねっ。これから私を一生チヤホヤして面倒見るのよ！　さもないとチ○コもいでやる！」

「年頃の娘がそんな言葉使っちゃいけません」

俺たちはニンファの屋敷を後にして夜の森を二人歩いている。俺の手には薬の入った小瓶《こびん》が一つ。この中身を石像と化しているフリオにかければ石化の魔法が解けるそうだ。

「しかし、魔女の正体がエルフだったとはなあ。確かにエルフは長命だから長いことあそこに住んでいるだろうし、魔女扱いされても不思議ではないな」

「エルフだけじゃないわよ。私たちを案内した女の子はブラウニーだし、そこに浮いてるのはウィルオウィスプ。あの家は妖精たちの住処《すみか》なのよ」

「その妖精たちを従えているのがエルフのニンファさんってわけだ」

夜道を照らしてくれている鬼火の妖精を見つめる。ニンファのことを思い出すと頬《けお》が緩《ゆる》むのを抑えられなかった。生エルフ、良いなあ。

「オサフネ、キモーイ……」

「悪かったな。男のロマンなんだよ」

「ねえ、だったら何でニンファを村人にしなかったのよ？　そうすれば私が酷い目に遭わずにすんだのにっ」

膨《ふく》れ面《つら》のミューナを見やり、俺は首を振った。

「誰彼構わず村人にするのは得策じゃない。お互い、良好な関係を築けるのなら、『村長ノート』に頼ることはないんだよ」

「えーっ……。そうやって大人ぶるのキモーイ」

「悪かったな。これも男のロマンだ」

「何、言ってんの？」

気の利《き》いた返しだと思ったのだが、上手《うま》くいかなかった。

「ねえ、オサフネ。あれ何？」

不意に袖《そで》を引かれた。ミューナが指差す方を見下ろす。

「何だ、あれは……？」

斜面を下った先に幾つかの明かりが見えた。あっちは村の方角じゃない。それに明かりは移動している。

「もう少し近づいてみるか」

「やめとこうよ！　そういうのいいし！　お腹空いたし！」

ミューナが猛烈に反対した。だが、胸騒ぎがする。あれは調べておいた方が良いとブラックな職場で生き抜いてきた俺の直感が囁《ささや》いた。

「お前は先に帰ってろ」

「絶対、イヤ！　オサフネが行くんなら、私も行く！」

「腕にしがみつくな。危ないだろ」

俺たちは獣道《けものみち》を外れて斜面を慎重に滑り降りた。ミューナを抱きかかえるようにして降りているのでかなり怖い。鬼火が足元を照らしているのだけが救いだ。

木と木の間を伝っていくと明かりの正体が分かってきた。松明《たいまつ》を持った兵士たちだ。革に鉄板を張りつけた簡素な鎧兜《よろいかぶと》に木製の盾。あまり上等な装備とはいえない。

「どっかの軍隊？　何でこんな山奥にいるのよ？」

「さあな……。何か喋《しゃべ》ってるみたいだぞ」

俺たちは茂みに身を潜めた。鬼火妖精も隠れたので、向こうからこっちは見えないはずだ。耳を澄ませる。

「……そっちはどうだっ？」

「探査計に反応はありません！」

「こっちもダメかっ……。クソッ……！」

「班長！　副隊長殿から伝令であります！」

「何だっ？」

「探索班、全班キャンプに帰還せよとのことです！」

「今日の探索は終わりか……。よし、引き返すぞ」

「了解であります！」

松明を持った兵士たちから安堵《あんど》の声が洩《も》れた。ぞろぞろと山道を遠ざかっていく。その明かりが見えなくなるまで待ってから、俺は立ち上がった。

「何か探してるみたいだったな」

「盗賊団の残党狩りでもしてたんじゃないの？」

「今更か？　『熊の爪』が一夜にして壊滅したのは町でもかなり話題になったらしいけど、軍隊が動くようなこととも思えないぞ。それに探索がどうのって言っていたからな」

「宝物でも埋まってるのかしら？」

ミューナの言葉に冒険心がくすぐられる。

「そういう展開は面白そうだな。古代遺跡で金銀財宝がざっくざくとか」

「男ってそういうの好きよね－……」

「だから、ロマンだよロマン」

俺はミューナの腰に腕を回し、再び抱えるようにして斜面を登った。道に戻って村へと急ぐ。

広場が見えてきたところで鬼火妖精がひらりと身を翻《ひるがえ》した。

「ここまでありがとう」

礼を言うと、俺たちの周りをくるりと回って飛び去る。

「村長！　やっと帰ってきた！　心配したんだよっ」

アウラが駆け寄ってきた。ミューナを見て眉根《まゆね》を寄せる。

「ミューナも勝手な真似《まね》しちゃダメだろっ。また村長に迷惑かけたんじゃないのっ？」

「フフーン♪　おあいにくさま！　私の大活躍でオサフネは窮地《きゅうち》を脱したのよ！　感謝のあまり、『ありがとうごじゃいますミューナしゃまあああ！　一生、あなた様の奴隷《どれい》として身を粉《こ》にして尽くしましゅううう！　足を舐《な》めさせてくだしゃいいい！』って泣き出すものだから、宥《なだ》めるのが大変だったわ」

「そういうこと言わなければ、君の評価ももう少し上がるんだがな」

俺はミューナの髪を掻《か》き乱してから広場に向かう。アウラがムスッと口を尖らせていたので
「遅くなってゴメン」と軽く肩を抱いた。

「フリオの石化を解く薬を貰ってこれたよ」

「そんなことより村長が無事で良かった。ボク、本当に心配したんだからねっ」

そんなことって……。フリオのことも心配してあげて下さい。

広場には松明が掲《かか》げられていて、石像の前でドナルド神父が聖書を朗読していた。

「あ！　村長、お帰りなさい！」

ディエゴが振り返る。他の村人たちからも歓声が上がった。パブロがげっそりと憔悴《しょうすい》した様子で駆け寄り、俺にすがりつく。

「村長っ……息子を……フリオを助けて下さいっ……！」

「もう大丈夫だ。石化を解く薬を貰ってきたからな」

「本当ですか⁉　ああ、良かった……。神父様がずっと祈り続けておられるのですが、全《まった》く効き目がなくて困り果てておったところですっ……」

皆がパブロの言葉に大きく頷《うなず》いた。

聖書の朗読を続けている神父の声が、若干《じゃっかん》揺らぐ。それでも続けているのはもはや神父としての意地だけなんだろうな。

俺は小瓶を取り出して薬を石像の頭から全《すべ》て浴びせかけた。

石像が光に包まれる。光が収まったとき、元通りになったフリオが立っていた。

「うわああああああああああああ⁉　あ……？　あれっ……？」

フリオが左右を見回す。

「おはよう、フリオ」

「村長!? ってか、ここ村の広場っ？ あれ？ 俺、何か変な光に包まれて……」

「こん大馬鹿もんがぁっ！」

パブロが息子をぶん殴《なぐ》った。周りが宥めようとするけれど、父親の怒りは凄《すさ》まじい。石化は解けたが無事では済みそうにないな。

「ほどほどにしておけよ、パブロ」

そう声を掛けると、パブロは土下座《どげざ》する勢いで頭を下げた。

「本当にありがとうございました、村長！ やはり、村長はすごい御方だ！」

手を合わせて拝んだと思えば、息子の頭をひっぱたいて強引に頭を下げさせる。

「あ、えっと……。村長、助けてもらったみたいで、あざっす！」

「大恩人に対して、何かその口の利《き》き方はぁっ」

また、ぶん殴られた。

「さすが村長だぜ！ 神父様がどんだけ祈っても効き目なかったのに、一発だよ」

「本当に魔女に会ってきたんすかっ？ マジすげーっ」

「やっぱ、村長は頼りになるな！」

周りで村人たちが安堵とともに喜びの声を上げる。

「皆さん、これぞ神の奇跡です！」

唐突《とうとつ》にドナルド神父が天を仰《あお》いだ。

「私の祈りが神に届き、奇跡が起こりました！　それによりフリオは救われたのです！　皆さん、神はいつも私たちを見守っています！　感謝し、祈りを捧げましょう！」

堂々と手柄を横取りしようとしてきた。この爺《じい》さん、ある意味凄《すご》いな。

「ドナルド神父、お疲れ様」

誰一人、神父の話を聞いていなかったので、せめて俺だけでもと礼を言う。

「これは神の奇跡なのです、村長！　そうですよねっ……？」

涙目になっている神父に「そうだな」と返してやった。

「そうでした、村長！　留守中に妙な連中が村に来たんです」

神父を押しのけるようにしてエミリオが報告する。

「どっかの軍隊でした。旗印がチラッと見えたんですけど、多分、隣国の兵です」

「村長を呼べって偉そうに言うから、今はいないって答えたんです」

ディエゴも話に加わった。

「そうしたら、この辺の地図を寄越せって言ってきて。そんなもんはないって突っぱねたら剣を抜きやがって。やんのかって感じで睨《にら》み合いになったんです」

「それで……どうなったんだ？」

さっき見かけた兵士たちのことを思い出す。あいつら、俺がいない間に村にも来たのか。

「俺らも嘗められるわけにはいかねえって思って。ハビエルたちが出張ってくれたんで戦ってやると思ったら、向こうの隊長さんが止めてくれまして」

「隊長は、どんな人だった？」

「えらく若い感じでした。高価そうな鎧、身につけてて。兜取って『部下が失礼した』って俺らに頭下げてくれて……。育ち良さそうな少年でしたよ」

「兵士どもは『腰抜け』とか隊長の悪口囁いてましたけどね」

「多分、貴族のお坊ちゃんが率《ひき》いてんだよ。それで俺らみたいな柄の悪い平民にバカにされてんだろ」

「それな」

エミリオとディエゴが笑い合う。

俺は腕を組んで考えた。

なるべく対処は早い方が良いけれど、俺も疲れているし、腹も減っている。連中は引き返していたから今夜、動きがあるとは考え難いな。

「分かった。明日、朝一で話し合おう。この辺の地図は本当にないのか？」

「ありますよ。でも、余所者《よそもの》にホイホイ渡せるわけないっしょ」

「だよな」

エミリオの言葉にホッとした。

ようやく村での生活が軌道に乗ってきたと思えば、次は外敵を何とかしないといけないことになりそうだな。隣国の軍隊がこんなところまで何を探しに来てるのかにもよるが。

ひとまず解散を告げ、俺たちは家に帰った。


翌朝、俺たちは教会の一室に集まった。

俺とミューナ、アウラ、ディエゴにエミリオ、ハビエルにドナルド神父もいる。

「多分、魔硝石《ましょうせき》の鉱脈を探してるんだよ」

テーブルに広げられた地図を見ながらアウラがこともなげに言った。

「魔硝石って、あの魔硝石か？」

「うん。お父さんが前に言ってたんだ。この山には魔硝石の鉱脈があるって。それもかなりの埋蔵量だから悪用されないよう気をつけないといけないって」

「先生がそんなことを……」

エミリオが呟《つぶや》く。アウラが彼を睨んだ。エミリオはすまなそうに俯《うつむ》く。

「アウラ、続きをいいか？」

そっと彼女の肩に手を置き、先を促した。「うん」とアウラは笑顔を作る。

「ボクも鉱脈の場所までは知らないんだけど、この村のどっかにあるのは間違いないよ」

「村のどっかって言われても、この村の境界線なんて分からないぞ」

俺のぼやきにディエゴが地図を指差した。

「隣村との境界はこの川です。あと、山の南側は俺らの国で北側は隣の国の領土って感じですね。この辺はどっちにしろ田舎《いなか》なんで国境が割と曖昧《あいまい》なんですけど」

「俺らは山の北側も南側も荒らして回ってたぜ。結局、領主次第なんだよ。こっちは何たら伯爵が治めてるはずだが、大して旨《うま》みのねえ土地だと思われたから俺らが好き勝手暴れ放題でよ。隣の国は軍隊も強《つえ》ぇし何とか辺境伯ってのが睨み利《き》かせてたんで、あんま派手にはやれなかったって感じだな」

ハビエルが自慢げに言う。お前、領主の名前くらい覚えとけよ。

「なあ、村長！　本当に魔硝石の鉱脈があるんなら、俺ら一攫千金《いっかくせんきん》狙えるじゃねえか！」

髭面《ひげづら》スキンヘッドがテーブルに岩のような手をついて身を乗り出す。テーブルがギシリと悲鳴を上げた。やめてくれ。お前の巨体を支えられるような頑丈な造りしてないんだ。

「連中より先に魔硝石の鉱脈を見つけて大儲《おおもう》けしようぜ！　ここは俺らの村なんだ！　取り分は全部俺らだろっ？　隣国の軍隊なんざ追い返しゃいいんだよ！」

「荒っぽいなあ……。盗賊《とうぞく》だった頃の顔になってるぞ」

「ヘッヘッへ。久々に腕が鳴るぜ」

丸太のような腕をぐるぐる回すハビエル。

血の気が多いのはこいつだけじゃない。本当に軍隊相手に戦いそうな勢いなので「待て」と制した。

「魔硝石の鉱脈があるとして、アウラのお父さんが危惧《きぐ》していたように、扱いには十分注意が必要なんだろ？　この中に魔硝石の専門家はいるのか？」

「それならボクが分かるよ。お父さんの本の中にもそれ系のがあったはずだし」

「あの、俺も、一応……」

エミリオが遠慮《えんりょ》がちに手を挙げる。しかしアウラに睨まれてすごすごと手を下ろした。

どうやらエミリオは昔、アウラの家に出入りしていたようだな。彼女の父親から色々と教わっていたんだろう。

「なりませぬ」

急に背後から神父が囁《ささや》いた。怖いよ、爺さん。

「なりませぬぞ、村長。魔硝石は悪魔がもたらした呪われし物質！　我々がおいそれと扱って良い代物《しろもの》ではありませぬ！　全て教会が管理し、適切に処理されるべきもの！」

「実際のところは？」

「……きょ、教会で浄められた魔硝石を人々の生活に役立てるのは神の御心に添うものですので、寄付をしたところに教会が所有する分を渡すことはございます」

ナイス、クソ集団！

全《まった》く予想を裏切らない教会の腐敗っぷりに笑うしかない。

「しかし、村のどこかといっても手がかりがないなら探しようもないな……」

俺は地図を見下ろした。皆も神父を無視して地図を覗き込む。「なりませぬ！」「なりませぬぞぉっ」と俺の肩をしきりに引っ張っていたら、ハビエルに片手で持ち上げられて部屋の外に投げ捨てられた。年寄りにも容赦《ようしゃ》ないな、うちの荒くれ者は。

「一番怪しいのは魔女の屋敷だよね」

アウラが森の一角を指差した。昨日、俺が訪れた辺りだ。

「妖精は魔硝石を直接、自分の力にして色んな魔法を行使できるんだ。だから魔硝石の在処《ありか》にはかなり敏感だと思うよ」

「なるほど。ニンファさんの手を借りるのもありか」

「村長、何か嬉しそうにしてない？」

アウラが眉間《みけん》に皺《しわ》を寄せる。おいおい、そんなことはあるぞ。

「変態オサフネはエルフ好きの変態なのよ」

ミューナが呟く。変態って二回も言うな。

「村長、ボクというものがありながら――」

「大変っすよ！」

部屋にフリオが飛び込んできた。

出入り口でひっくり返っている神父に蹴躓《けつまず》きそうになりながら入ってくると、「山火事っす！」と外を指差す。「何だと!?」と皆、騒然となった。

急いで外に飛び出す。俺含め、何人かが神父を踏んづけてしまったが緊急事態なので致し方ないことと思いたい。

広場に出て森の方を見る。

真っ黒な煙がモウモウと立ち上っていた。

「まずいぞっ……。急いで消火を！」

「村長！　あっちって魔女の家がある方角だよねっ？」

アウラが目を凝《こ》らして叫ぶ。俺はハッとなった。

「ミューナ！　ついて来てくれ！」

「えーっ……！　どうせまたエルフのところに行きたいだけでしょー……？」

「村長命令出すぞ」

「もーっ……！　オサフネのバカ！」

膨《ふく》れ面《つら》になりながらもこっちにやって来たので手を取って走り出す。アウラが「ボクも！」と弓矢を担《かつ》いでついて来た。

「ディエゴ！　村の守りを固めておいてくれ！」

それだけ指示して三人で森に入る。ほどなくして狩りや採集に出ていた村人とすれ違った。

みんなに引き止められたけれど、振り払って走る。

「ねえ、オサフネ！　妖精たちならとっくに避難してるんじゃないっ？」

「これがただの山火事なら、今頃、火は消し止められてるよ！」

俺は前方に目を凝らした。

「ミューナも昨日、見ただろう？　ニンファさんはエルフだ。魔法の使い手なのは間違いない。なら、何で火を消し止めない？　そもそも何で火事なんて起きてるんだ？」

「村長！　これ、山火事じゃないかもっ」

後ろからアウラが叫ぶ。

「火の広がり方がおかしいよ！　風の流れ方も変だ！」

「だろうな！」

俺は立ち止まって左右を見回した。道を外れて木と木の間を駆け抜ける。ミューナが「ちょっとぉ！」と文句を言うが知ったことではない。アウラは何かを察したらしく黙ってついてきた。炎の音が近づいてくる。そして木々の隙間《すきま》から燃えさかる屋敷が見えた。

「あれって、魔女の家……!?」

「やっぱりか……」

見つからないよう慎重に歩を進める。炎の音に混じって誰かが言い争う声が聞こえてきた。そろそろと様子を窺《うかが》う。

「何てことをっ……！　酷《ひど》すぎるわっ……！」

「言うことを聞かない貴様らが悪いのだ！　さっさと魔硝石の在処を教えろ！」

「誰が貴方《あなた》たちなんかにっ……」

「このガキがどうなっても良いって言うんだな？」

炎に包まれていたのは、昨夜、訪れたニンファさんたちの屋敷だった。完全に炎に呑《の》まれ、黒煙を吐き出し続けている。

その屋敷を背に銀髪の美少女が怒りで肩を震えさせていた。見据える先には案《あん》の定《じょう》、昨夜見かけた兵士たちがいる。今日は上等な鎧《よろい》を着た男もいた。

「ちょっとでもおかしな真似《まね》をしてみろ。このガキの首が飛ぶからなあ」

ディエゴたちが話していた少年ではない。四十くらいの男が隣を指差した。そこには兵士に捕らえられ、首に剣を突きつけられた幼女がいる。

多分、昨夜、俺たちを案内してくれたブラウニーだ。

「お姉ちゃぁん……」

ぽろぽろと涙を零《こぼ》してニンファさんを呼んでいる。

彼女がギリッと歯を食いしばった。

「何となく状況は分かったよ」

アウラが声を潜めて言う。

「ミューナ、何で結界が破られてるんだ？」

「向こうにも魔法使いがいるからでしょ。相当な力持ってると思うわよ。あのエルフの魔法を破ったんだから」

ミューナが不機嫌そうに答えた。

「無理やり連れてきて悪かったよ。俺だけじゃ結界を破れないと思ったんだ」

「そんなこと怒ってるんじゃないわよ！　オサフネ、あの子が可哀想だと思わないのっ？」

思わずミューナを振り向いてしまった。

「君にも真っ当な心があったんだな」

「どういう意味よっ」

脇腹を殴《なぐ》られる。

「それで、相手の魔法使いはどこにいるんだ？」

「分かんない……。気配はあるけど、何だか希薄なのよね。気絶でもしてるのかしら？」

なるほど。理由は分からないが、好機ではあるな。

「アウラ、やれるか？」

すでに矢をつがえていたアウラに尋ねた。

「村長、やれるか？　じゃないよ。やらなきゃいけないんだ」

彼女も険しい顔をしている。隣国の兵士たちに怒っているのだろう。

「頼む」

「任せて」

音もなくアウラが動いた。

木の陰に隠れて近づき、狙いを定める。

矢が放たれた。

「えっ⁉」

目を剝《む》く。

アウラはとんでもない方向に矢を放ったのだ。あれじゃ当たるわけがない。

と思っていた時期が俺にもありました。

そんなことを言いたくなるようなことが起きた。とんでもない方向に飛んだと思った矢が弧を描くようにして飛び、ブラウニーを捕らえている兵士の肩に刺さったのだ。

「あぐうっ？　何だっ……？」

矢で射られた兵士も何が起きたのか理解できなかったらしい。驚愕《きょうがく》に目を見開き、痛みで腕の力が緩《ゆる》んだ。幼女が滑り落ちる。

「おい、バカ野郎‼」

四十男が怒鳴った。

だが、もう遅い。

「消えなさい、下郎《げろう》！」

ニンファさんが冷たく叫んだ。

ドンと突風が放たれる。兵士たちがまとめて吹っ飛んだ。尻餅《しりもち》をついていた幼女はきょとんとしている。なるほど風を操る魔法か。便利だな。

「クソッ……！　どこから射かけてきおった⁉　他に仲間がいたのか⁉」

四十男が這《は》いつくばって血走った目を左右に向ける。木に叩きつけられた兵士たちが「副隊長！　退きましょうっ……！」と叫んだ。

あいつ、副隊長か。となると、隊長はどこだ？

「チィッ……！　撤退《てったい》！　一時撤退だぁ！」

副隊長が命じるや否《いな》や、兵士たちが我先にと逃げ出した。

ところが猛烈な風が兵士たちを襲う。

「逃がすとでも思ったの？　私たちの家をこんなにしてっ……。貴方たちも同じ目に遭《あ》わせてあげるわ」

彼女の周りに炎が浮かび上がった。兵士たちから悲鳴が上がる。副隊長が四《よ》つん這《ば》いになって必死に逃げようとするが、吹き荒れる風に翻弄《ほんろう》されてまともに動けなかった。

「全員、焼け死になさい」

冷酷《れいこく》な宣言。

俺は咄嗟《とっさ》に『村長ノート』を開き、ニンファと書き込んだ。

「村長命令だ！　やめろ、ニンファ！」

ビタッと彼女が固まる。

驚愕に目を見開き、ゆっくりこちらを向いた。

「ひっ……ひいいいいいいいいいいいいいいいっ……！」

隣国の兵士たちが這々《ほうほう》の体《てい》で逃げ去る。

俺は木陰から飛び出して燃えさかる屋敷を指差した。

「早く火を消すんだ！　大災害になるぞっ」

「あっ！」

ニンファさんは弾かれたように振り返って、炎に包まれた家を見上げる。一瞬、悔《くや》しそうな顔になったが、すぐに大きく腕を振った。

「水よ！」

たった一言で魔法が発動する。

すぐ近くの地面から水が噴き出し、蛇のように屋敷に絡みつく。同時に空からも激しい雨が降ってきた。あれだけ激しく燃えさかっていたというのに、あっという間に鎮火する。

「すごいな、魔法って……」

全身ずぶ濡れになってしまったけれど、面白い体験ができた。水が噴き出した地面もすっかり穴が埋まっている。何だかコツコツ井戸を掘っていたのがバカらしく思えるほどだ。

「村長、大丈夫っ」

アウラが駆け寄ってきた。彼女もびしょ濡れで衣服が肌に張りついている。控えめな胸の膨《ふく》らみがくっきりしてツンと先端が尖っていた。頬《ほお》が上気している。

ああ、そういう姿ってけっこうエロくて目の毒だ。

「まったく……。ふざけた連中だったわよね！」

アウラの後からミューナも歩いてくる。濡れそぼった服の裾《すそ》を絞《しぼ》った。

「お姉ちゃぁぁぁん……！」

「よしよし。もう大丈夫だからね」

声に振り向くとニンファさんが泣いている幼女を抱え上げて宥《なだ》めている。

彼女は俺と目が合うなり、何とも形容しがたい顔になった。怒りそうな泣きそうな、でも嬉しそうな、どこかホッとしているようですらある、そんな表情だ。

「……この件は、借りにしておいてあげるわ」

それでも高慢な態度で言う。

だが、無理に気を張って背伸びしているのはバレバレだった。「ちょっと、あんた！」と前に出ようとしたミューナを押し止め、「その子が無事で良かった」と返す。

「色々、聞きたいことがあるけれど、まず君たちの仲間が無事か確認すべきだろうね。俺たちも服を着替えたいし、一緒に村まで行かないか？」

「…………」

ニンファさんの切れ長の目がキュッと細められる。警戒心バリバリだな。でも、揺らいでるのは分かる。俺はあえて幼女に目を向けた。確かブラウニーだったよな。

「その子をゆっくり休ませてあげる場所が必要だろう？　君たちの家は……」

全焼だ。火は消し止められたが、残ったのは炭と化した柱や石組みばかり。改めて、酷《ひど》いことをする連中だと腹が立った。

「………気持ちだけ受け取って――」

「ぷしゅん！」

断ろうとしたニンファさんの声に被《かぶ》さってブラウニーがくしゃみをした。鼻を啜《すす》り、心細そうにニンファさんを見つめる。

「つまんない意地張ってる場合じゃないんじゃないのっ？　家を焼かれて、あんたたち行く当てなんてないんでしょ！　オサフネの言う通りにしなさいよ！」

ミューナがうるさい。もう少し言い方があるだろう……。

「ほら、オサフネも！　命令しちゃえば良いじゃない！　周りにいる妖精たちもみんなまとめて村に連れていくわよ！」

「ん？　ああ……」

周りを見回す。いつの間にかそれっぽい姿の者たちが木の陰や焼け跡の陰からこっちを窺っていた。ちょっと怖い。

「……分かったわ。この借りは必ず返す。でも、あまり恩着せがましくしないでね」

一つ息を吐き、ニンファさんが言った。

「何よ、その態度！　あんたなんむむむっ……」

ミューナの口を塞《ふさ》ぐ。美少女エルフに愛想笑いを見せ、「行こうか」と促した。

「待った、村長！　こいつ、どうするっ？」

いつの間にか側を離れていたアウラが少し先で手を振っている。彼女の側には立派な鎧を着た少年らしき人物が倒れていた。

「気絶してるみたいだ。さっきの連中の仲間だと思うんだけど……」

「捨て置かれたのね……。哀れなこと」

ニンファさんが呟《つぶや》く。

俺はアウラの下に向かい、倒れている人物を覗き込んだ。さっきの副隊長よりも立派な鎧を身につけている。兜は被っていなかった。すぐ近くに落ちていたのをアウラが持ってくる。

ポニーテールにした長い茶髪は乱れ、顔も蒼白だ。まだ幼さが残る顔立ちで、中性的な可愛《かわい》らしさがある。

「ひょっとすると、さっきの連中の隊長じゃないのか？」

「えーっ？　自分たちの隊長を放り出して逃げるかな？」

「村に連れて帰ってディエゴたちに聞いてみれば分かるだろう」

「その者は先程の不埒者《ふらちもの》どもの隊長よ」

ニンファさんもやって来た。冷たい目つきで少年を見下ろす。

「私の幻術を軽々と破って……。話し合いに来たなんて嘘ばっかり……！」

憎々しげに肩を怒らせた。周りの妖精たちも近づいてきて、殺気立った視線を向ける。俺は咄嗟に手を叩いた。

「よし！　こいつも連れて帰るぞっ。アウラ、ニンファさんたちの先導を頼む。俺はこいつを担いでいくから」

「でも……」

「頼む。こいつから聞き出せることがあるはずなんだ」

「分かったよ……。村長はお人好しだなあ」

そう呟き、アウラはニンファさんたちを促した。

さて、鬼が出るか蛇が出るか。

第六章　好き放題に生きてこその人生！

「オレはライオネル・カレスティア。ベンジャミン・カレスティア伯爵の嫡男《ちゃくなん》だ」

後ろ手に縛《しば》られて正座している甲冑《かっちゅう》姿の少年が俺たちを睨《にら》んでいる。

「お前たちの不当な拘束《こうそく》には正式に抗議する。直ちにこの縄を解いてオレを解放しろっ」

「村長、こいつ自分の立場ってもんを分かってねぇみたいだぜ」

「いっぺんシメた方が良くねぇっすか？」

ハビエルたち元盗賊団《とうぞくだん》の男どもが少年——ライオネルにガンをつける。完全にこっちが悪党の構図だな、これ。

俺はこの少年を担いで村に戻り、教会の一室に運び込んだ。ちなみに甲冑を着ている人間なんて普通は数人がかりで抱えないと運べないはずだが、鎧に何らかの魔力が込められてるみたいで全《まった》く重さを感じなかった。

びしょ濡れだったので俺は一旦、家まで着替えに戻り、その間に少年の体も拭いてやるよう伝えておいたのだが、見張りに立ったハビエルたちは後ろ手に縛ってタオルを被せていただけだったのでビックリした。

敵に対しても相応の気遣いを、みたいな感覚はないのだろう。おかげで目を覚ますなり敵意剝《む》き出《だ》しの視線を受けることになった。

「まあ、待て。話し合いで解決するに越したことはないんだ」

「話し合いで片付く段階はとっくに終わってると思いますけどねぇ」

ハビエルが髭面《ひげづら》をガシガシ掻《か》いて口の端をつり上げる。ライオネルにフンと鼻を鳴らした。

「可愛い顔してんなあ。さすが貴族のお坊ちゃんだ。随分《ずいぶん》と良い匂《にお》いさせてっけど、香水でもつけてんのか？」

下品に笑う。周りの男たちも笑い出した。

「ハビエル、お前たち、下がれ」

俺は筋肉バカどもを手で払う。彼らの代わりに前に出てライオネルを見下ろした。少年は屈《くっ》辱《じょく》に顔を真っ赤にして俯《うつむ》いている。最後の意地なのか目だけはこっちを睨み続けていた。

「君が隣国の兵士を率《ひき》いてきた隊長だな？」

「国王陛下の命により魔硝石《ましょうせき》の鉱脈探索の任に就《つ》いた探索部隊の隊長は、このオレだ！　オレに虜囚《りょしゅう》の辱《はずかし》めを与えることは我が国にも弓引くことと心得るんだな！」

少年はとても元気が良い。さっきまで気絶していたとは思えないな。

それとも、強がっているだけなのか……。

「隣の国ってトレント王国だよな？　ここはムラノ村。れっきとしたモートリス王国の領土だ。君たちが出張って良い土地じゃない」

「それについては、こちらも少々踏み入り過ぎたことを認めよう。しかし、魔女の屋敷はお前たちの村に含まれていないはずだ」

「とんでもない。あの屋敷の住人はムラノ村の村人だ」

俺はあえて嘘を吐いた。正確には「嘘だったこと」だ。すでにニンファは村人にしている。他の妖精たちも後で「村長ノート」に名前を書き込んでおくつもりだ。

「つまり、てめえらは俺たちムラノ村にケンカを売ったってことだ！」

「やってやんぞ、コラァ！」

ハビエルたちがうるさい。振り向いてシッシッと手を振ると一応、大人しくなった。

「何故、あの屋敷に火をかけたのか聞かせてもらおう」

強めの口調で尋ねる。ライオネルの目が泳いだ。「それは……」と言い淀《よど》む。

「村長。その者は何も知らないわ」

凜《りん》とした声に出入り口へと目をやった。美しい銀髪と大きなおっぱいを揺らして、ニンファさんが室内に入ってくる。服は村人から借りたのであろう簡素なものだが、周りでどよめきが起きるほど幻想的で美しかった。

「あのとき、ライオネルは野蛮《やばん》な副隊長によって気絶させられていたのだから」

「仲間に襲われたっていうのか？」

「ええ」

こともなげに頷《うなず》き、ニンファさんは何があったのかを話してくれた。

それによると、ライオネルが話し合いを求めてきたらしい。初めは無視していたが、自分の結界をやすやすと破って侵入してきたので対応せざるを得なかったそうだ。

「その者に邪気はなかった。だから屋敷にも招き入れたし、あの子たちも懐いていたわ」

あの子たちというのは人質になっていた幼女や他の妖精たちのことだろう。

「魔硝石の鉱脈を探しているから協力して欲しいという話だったの。もちろん断ったわ。あれは軍隊に渡して良い力ではないもの」

話し合いは決裂したものの、ライオネルは素直に引き下がったという。屋敷の敷地内に待機させていた探索部隊の隊員に退去を命じたそうだ。

「ところが野蛮な副隊長が怒り出して。ライオネルに懐いて側にくっついていたブラウニーのラールを兵士の一人が捕らえてしまったの……」

くっ……とニンファさんが顔を歪める。

「私も油断していたわ。あの副隊長、ライオネルを殴《なぐ》って気絶させて、私を脅してきた。しかも周りに潜ませていた兵士に火矢を射させてっ……！」

「……ウーゴのやったことは、隊長として正式に謝罪する。全《すべ》てオレの力不足が招いたことだ。

すまなかった」

ライオネルは素直に頭を下げた。

なるほど。良くも悪くも貴族の坊ちゃんということか。

「その後のことは、村長もよくご存知でしょう？」

ニンファさんに流し目を向けられた。色気があり過ぎて背筋がゾクゾクするぞ。

「鼻の下伸ばしてんじゃないわよ、このエロフネっ」

いきなり耳元で罵声《ばせい》を浴びせられた。振り向く。ジト目のミューナがいた。その後ろには膨《ふく》れ面《つら》のアウラもいる。

「村長！　ボクのことは全然エロい目で見てくれないのに、何でそこのエルフには鼻息荒くしてるんだよっ」

「そこまで露骨に出てはいなかっただろ？」

「私をそんな目で見ていただなんてっ……いやらしい」

「ニンファさん、本気にしないでくれ」

俺、何で責められてるの？

「これからどうすんのよ、オサフネ？　そいつを利用しようにも、部隊の実権は副隊長に握られてるんでしょ？」

「貴族の子弟だから隊長やってるって、よくあるパターンだよね」

ミューナもアウラも容赦《ようしゃ》ない。頭を下げたままのライオネルが肩をブルブル震えさせてるぞ。その辺にしといてやれよ。

「それと、村長。貴方《あなた》、私に何かしたわね？　あの野蛮人《やばんじん》どもを皆殺しにしようとしたとき、強制的に止めたでしょう？」

ニンファさんが詰め寄ってきた。美少女エルフに迫られるって予想以上の破壊力があるな。思わず「ごめんなさい」と言いそうになった。

「それについては……細かいことは省《はぶ》くが、君はすでに俺たちムラノ村の住人になっているから。村長である俺の命令は絶対なんだ」

「……そういう魔法？　でも、貴方からはまるで魔力を感じない。魔法の才能が微塵《みじん》も感じられない、ただの人間だわ」

「バッサリだな……。俺もファイアーボールくらい使ってみたかったんだが」

「とにかく！　その無礼な魔法を今すぐ解いてっ。人間ごときに使役《しえき》されるなんてお断りよ！　そもそも、この村の住人になった覚えはないわ！」

「悪いが、それはできない」

「何故⁉」

「君たちを助けたことで俺たちも隣国の兵に目をつけられた。少なくとも、その脅威《きょうい》がなくなるまで君たちにも手伝ってもらう」

「オサフネのお蔭《かげ》で、あのブラウニーを助けられたんでしょ？　お礼の一つも言わないで偉そうに。高潔なエルフさんが恥ずかしくないのっ？」

ミューナの煽《あお》り芸が炸裂《さくれつ》した。こいつはナチュラルに燃料を投下するから怖い。とはいえ、今回はありがたいサポートともいえた。

「そ、それはっ……先程、アウラには礼を言いました……！」

「ボクは村長に言われたからやったんだよ。村長のお蔭だと思うなあ」

アウラも乗っかってきた。ニンファさんの長い耳が赤くなる。キッと俺を見つめた。

「だからといって、私を好きにできると思ったら大間違いよ！」

「あー……。その発言はフラグだと思うから言わない方が良かったなー……」

「何を言っているのっ？」

「いや、何でもない……。それより今後のことについてなんだが」

いつの間にかまた俺を睨んでいたライオネルを見下ろす。

「探索部隊にはお引き取り願わないとな」

副隊長ウーゴ率いる探索部隊が俺たちの村まで攻めてきたのは翌日のことだった。

総勢三百は下らないとライオネルから聞き出していたが、こっちは五十人程度で迎え撃ち、圧勝した。ニンファさんの攻撃魔法で蹂躙《じゅうりん》したというのが真相ではあるけれど、探索部隊は必死に逃げ惑い、隣国へと引き上げていった。

「楽勝過ぎてつまんねぇよ！」

「トレントの軍隊なんざ大したことねえな！」

「村長の読み通りだったっすね！　さすがっす！」

ガッハッハ！　とハビエルたちが笑っている。

夕暮れの教会前広場は宴会場と化していた。うちの村人はこういうノリが大好きだな。元盗賊団の連中だけでなくディエゴたちもはしゃいでいるようだ。

「これからどうするおつもり？」

そんな村人たちを少し離れたところから眺めているとニンファさんがやって来た。

「今日はお疲れ。君のお蔭で助かったよ」

「問題を大きくしただけではないかしら？　きっとトレントの王は数倍の軍を差し向けてくるわよ。こんな小さな村に虚仮《こけ》にされたままでは面目丸つぶれだもの」

「だろうな。だから、先手を打つ」

俺はチラリと美少女エルフを見る。

「君も一緒に来てくれ。俺たちはライオネルに捕らえられたんだ」

「何のこと？」

「王都に行くんだよ。隣国トレントの王都にね」

「まさか、国王に直談判《じかだんぱん》でもするつもり？　不可能ね。貴方みたいな平民が国王に、しかも隣国の王に謁見《えっけん》を許されると本気で思っているの？」

「ライオネルに頑張ってもらうよ。伝手《つて》を辿《たど》ればいけるだろ」

ニンファさんが心底呆《あき》れたという顔で俺を見つめた。まあ、その反応は当然だな。

「私は行かないわよ。ラールたちを残していけるわけがないもの」

「随分と気を張って生きてるみたいだな」

俺は宴会場の周りに目を向ける。幾人もの妖精たちが木々の隙間《すきま》に窺《うかが》えた。

「悪いけど、村長命令を使ってでも連れていく。そうしないと説得力がないからな。あの子たちはアウラに任せよう。それならいいだろ？」

「何で彼女だったら私が納得すると思うのよ」

「だって君たちなんだろ？　アウラの家が村人たちに焼かれそうになったとき、雨を降らせたりして邪魔したのは」

俺の発言に、ニンファさんの瞳が大きく見開かれた。

「これは俺の勝手な憶測だけれど、アウラのお父さんかお母さん、いや、両方かな？　とにかくアウラの親と君たちは交流があったんだ。それで、もしものときは娘を頼むって言われていたんじゃないか？」

「…………」

ここでの沈黙は認めてるようなものだよ、ニンファさん。

「ついでに言うと、魔硝石の鉱脈は君たちが住んでいた屋敷の下にあるんだろ？　だから、あそこになるべく人間を近づけたくなかったんだ。結界も本来はそのためのもの」

「……そこまで見抜いてただなんてね。人間の割になかなかやるじゃない、村長さん。でも、あれは人間の手に余る埋蔵量よ。それこそ、世界を支配できるほどの」

透き通った碧眼《へきがん》が俺をまっすぐ捉える。

少し笑ってしまった。

「ああ、別にそんなの興味ないからいいよ。俺はのんびり快適な田舎《いなか》ライフを過ごせればそれでいいんだ」

「えっ……？」

信じられないという目で美少女エルフが俺を見つめる。

「色々あってね。もう面倒事はうんざりなんだよ。ここで不自由なく暮らせるなら、魔硝石の鉱脈なんか永遠に見つからなくて良い」

それが偽らざる本心だ。

「……そう」

納得してくれたかどうかは分からないが、ニンファさんは一言だけ呟《つぶや》いた。

翌朝。俺とニンファさんはライオネルを案内役にして村を出立《しゅったつ》した。

トレントの王都に向かい、そこでトレント王に謁見《えっけん》するためだ。ライオネルには当然ながら案内を拒否されたものの、そこは「村長ノート」の出番だ。村の未来がかかっているので遠慮《えんりょ》している場合ではない。

ライオネルは「オレの体を好きにできても、心までは操れないからな！」と、聞いたことがある台詞《せりふ》を投げつけてくれた。何で野郎にばかり、それ言われるの？

ちなみにアウラがついて来たがったけれど、妖精たちを頼むと言うと素直に受けてくれた。

ミューナは予想通り「そんな遠くまで行くわけないでしょ！」と村に残った。

まず俺たちはライオネルの父親であるカレスティア伯爵の城を目指した。

辺境伯として強い自治権を持っている伯爵を味方につければ話が早い。そう考えてのことだったのだが、城に着くなり一騒動起きた。副隊長のウーゴが勝手にライオネルの死亡を伯爵に伝えていたからだ。

伯爵曰《いわ》く、涙ながらの迫真の演技だったらしい。しかも巧みに作戦の失敗をライオネル一人のせいにして自分には全《まった》く落ち度がなかったと主張してみせたというのだから、どこにだってクソ野郎はいるもんだな。

それはそれとして、死んだはずの息子が探索部隊を壊滅させた主犯といえる二人を拘束《こうそく》して帰ってきたのだから伯爵の喜びようは凄《すご》かった。おかげで「国王陛下にオレ自ら報告したい」

という申し出をあっさり許してくれた。親バカが過ぎませんかね。

俺たち二人も王都へと連行されることになり、そこからは馬車に揺られる優雅な旅になった。窓に鉄格子《てつごうし》がはめられていたのが玉に瑕《きず》だったものの、ライオネルが上手《うま》く取り計らってくれたお蔭《かげ》で嫌な思いをせずに王都への旅を楽しむことができた。

そうして五日後。

俺たちはトレント王国王都カサルバに辿り着いた。


「カレスティア辺境伯が長子、ライオネル・カレスティア。このたびは大儀《たいぎ》であった」

トレント王カルロスV世はおっとりした雰囲気《ふんいき》の中年親爺《おやじ》だった。謁見《えっけん》の間に通されたライオネルに引っ立てられる形で俺たち二人もトレント王の前に跪《ひざまず》く。ニンファさんが姿を現した途端、居並ぶ貴族たちがオオとどよめいた。

「陛下直々のお言葉であるぞ。ありがたく思え」

カルロスの隣に立って偉そうにしているのは大臣だろうな。ひょろりと細身で、それなのに頭が大きいからマッチ棒みたいなシルエットだ。

「全て、陛下への忠誠の証《あかし》にございます」

ライオネルの声は誇らしげだ。あいつには「俺たちを王都まで案内しろ」としか言ってないので、ここで俺が何をするつもりなのか知らない。うん。知らないというのは時に幸せなことだと思う。

俺は軽く手を振って「村長ノート」を取り出した。手枷《てかせ》をはめられているから少し書きにくいが何の問題もない。

「ライオネルよ。面《おもて》を上げよ」

トレント王がライオネルに声を掛けた。大臣が「陛下」と諫《いさ》めるが「良いのだ」と制する。ライオネルはそろそろと顔を上げた。

「立派になった」

優しい眼差《まなざ》しでトレント王が呟く。「身に余る光栄です！」とライオネルが声を震わせた。

うん？　何だ、この雰囲気？

まあ、いい。今はやることがあるからな。

俺は「ちょっといいですか」と声を上げた。周囲からもの凄い形相《ぎょうそう》で睨《にら》まれる。衛兵たちが近づいてきた。いかつい大男に囲まれると、それだけで威圧感があるな。

「無礼だぞ、村長っ」

ライオネルが振り向き、俺を叱《しか》る。せっかく良いところだったのに邪魔するなオーラが背中から立ち上っていた。ふうむ……。まさかとは思うが……。でも、そう考えると目元とかどことなく……。

「村長、何をするつもりなの？」

隣でニンファが囁《ささや》いた。おっと、いかん。

「トレント王に話があるんですけど、ちょっといいですか？」

改めて口を開き、立ち上がる。場内がさっきとは別の意味でどよめいた。衛兵たちが俺の肩を摑《つか》んで引き倒そうとする。

「待て」

トレント王がそれを止めた。俺をじっと見据える。

「村長よ。なかなか肝《きも》が据わっておるではないか。余《よ》と直に話がしたいなどと」

「あのような愚か者は直ちに斬首《ざんしゅ》と致しましょう」

「まあ、待て。少し興味が湧いた」

大臣も押さえ、トレント王は顎で促した。

「ありがとうございます、トレント王。では、さっさと片付けましょう」

俺は一つ深呼吸をする。周りからの殺気がグサグサ痛いから早く帰りたい。

「村長命令だ。今後、トレントは国を挙げてムラノ村を守れ。それから魔硝石の鉱脈は全て村のものだと認めろ。正式な書面で約束してもらおうか」

一気に言い放った。

謁見の間に沈黙が訪れる。

誰しもが、ポカンと口を開けて俺を見ていた。

視線を落とすとライオネルも呆然《ぼうぜん》と俺を見上げている。

隣のニンファさんの顔には「何をバカなこと言っているの⁉」と書いてあった。

大臣はヒクヒクと頰《ほお》を引きつらせている。

そしてトレント王は――

般若《はんにゃ》のような顔になっていた。

やがて周りから失笑が洩《も》れる。

嘲笑《ちようしよう》と憤怒《ふんぬ》がじわじわと謁見の間に広がっていった。

ついにははばかることなく貴族たちが笑い出す。

俺を指差して嘲《あざけ》る。罵《ののし》る。怒鳴りつける。

その全てが、どうでもいいことだった。

問題はトレント王だ。

この「村長命令」はどこまで有効なのか。そして俺自身はどうなるのか。

左右に立つ衛兵はすでに剣を抜いていた。命令が下れば俺を叩き斬《き》るつもりだろう。あ、この床を汚すわけにはいかないから、別の場所に連れていく流れかな？

チラリと隣を見る。ニンファさんの顔が真っ青になっていた。衛兵たちに見えないよう手の平に小さな炎を宿す。俺は首を振った。

「村長命令だ。一切、手を出すな」

「⁉」

　ニンファさんの手から炎が消える。驚愕《きょうがく》に震える彼女は放っておくことにして再びトレント王を見た。周囲は騒がしすぎて何を言っているのかよく分からない。

「静まれぃ！」

　トレント王が一喝《いっかつ》した。

　場が速やかに静まる。おおっ、さすが国王様だ。

「村長よ。随分《ずいぶん》と面白いことを言ってくれる。実を言うと余は機嫌が良い。ゆえに先程の戯《ざ》れ言《ごと》は――」

　余裕たっぷりに切り出したトレント王は、途中で喉《のど》でも詰まらせたのか口をパクパクさせるだけになった。大臣が「陛下？」と心配そうに顔を寄せる。

「大丈夫だっ。心配するなっ。ちょっと息が詰まっただけだ。ああ、ええと……そうだ！　先程の戯れ言は不問に付そう。早々にこの国から立ち去り……立ち去り？　いや、そうではなく書面で約束をしよう。うむ、そうだ。ムラノ村を我が国が保護するという約束をして魔硝石《ましようせき》の権利も全て村のものだと何でだあああああああああああああ⁉」

　トレント王が突然立ち上がった。目を剥《む》いて絶叫する。

「何でそうなる⁉　意味が分からん！」

「陛下、お座り下さい！　私にも意味が分かりませぬ！　あの無礼なモートリス国民を斬首にせよとお命じになりたかったのでは⁉」

「おお、そんなわけがあるか！　……って、違ああああう！　何だこれは⁉　何がどうなっておる⁉　早く宣誓書を用意せぬか！　……余は何を言っておるのだっ？　いや違う違わないそうではなくああああああああああああああああ！」

いきなりトレント王が大臣をひっぱたいた。「陛下っ？」と狼狽《うろた》える大臣。騒然とする場内。

ライオネルが「父上⁉」と叫ぶ。俺は隣のニンファさんを見下ろした。

「しばらく時間がかかりそうだな。俺たちは別室で待たせてもらおう」

そう言って手枷を彼女に向ける。

得体の知れないものを見る目で俺を見上げ、ニンファさんは風の刃で手枷を切ってくれた。


結局、王都で三日ほど待たされる羽目になった。

一時は、トレント王が錯乱《さくらん》したと騒ぎになったようだが、王様の権力は絶対だったらしく、とうとうムラノ村は魔硝石の鉱脈におけるあらゆる権利を認められ、トレント王国は隣国の辺《へん》鄙《び》な田舎村に過ぎないムラノ村を無条件で守るというトンデモ片務《へんむ》契約を書面で約束してくれた。いやあ、何ごとも言ってみるものだね。

「意味が分からないわ……」

帰りの馬車でニンファさんが百回以上、その台詞《せりふ》を繰り返した。そりゃそうだろう。一国の王が辺鄙な田舎村の村長に従うなど、普通だったらあり得ない。本当に誰でも村人にできるんだなあ、このノート。

「一体、どんな魔法なの……？　貴方《あなた》、ただの人間のはずなのにっ……！」

どこか悔しそうに俺を見る。そういう視線も色っぽくて本当に生エルフはヤバイ。馬車の中で二人きりだったら、けしからん村長命令を発動させてしまうところだ。

「必ず村長の秘密を暴いてみせるからなっ」

しかし残念ながら向かいの席にはライオネルが座っていて俺から片時も目を離さない。忠義に篤《あつ》いこの少年は自ら志願して俺の監視役になったのだ。表向きは俺とトレント王との連絡役だそうだが、ようするにトレント王を未知の力で支配した俺の秘密を探るために送り込まれたスパイということだ。本人に堂々と目的を話すのはどうかと思うけどね。本当に君、良くも悪くも貴族のお坊ちゃまだよ。

そんなライオネルにじっと見つめられていると、これまたけしからん気分になってくるので俺はかなり疲れているようだ。ぶっちゃけ、女装させたら間違いなく美少女で通せるくらい可愛《かわい》らしい顔立ちをしている少年ってどうなんよ？

「一つ質問をいいかしら、村長？」

窓の外を眺めていたニンファさんがこっちを振り向いた。いちいち仕草が絵になるな、この美少女エルフ。何かずるいぞ。

「どうして私に、一切手を出さないよう命令したの？　貴方があのときトレント王を何らかの魔法で縛《しば》っていたとしても、衛兵に斬られる危険はあったはずよ」

「ああ、そうだな」

本音を言うと、それを試したかったというのもある。

以前、アウラを村人にしたとき、彼女が仕掛けた罠《わな》は俺に当たらなかった。つまり直接・間接関係なく村人は俺に危害を加えられないんだ。だったら、その範囲はどこまでになるのか。国王は配下に命じることで自分は直接手を下さなくても人を殺せる。

だったら、村人になったトレント王の配下である貴族や衛兵たちは俺に危害を加えることができるのか？　できないのか？

そのことを知りたいとも思っていた。もちろん殺されるのはお断りだが、死にさえしなければ斬られてもどうにかできる算段はあった。

という話を正直にしても気味悪がられるだけだと思ったので、適当に誤魔化《ごまか》す。

「命を張らないといけないことも、ときにはあるだろ。あれはけっこうな賭《か》けだったけど、それだけの価値があると思っていたからやったんだよ」

「……村の利権を守るため？」

「じゃなくて、村人を、あ、ニンファさんたち妖精もその中に含まれてるからな。俺は村長として村人を守る。そのためなら多少危険でもやる価値はあるよ」

「…………」

ニンファさんの視線が厳しい。今のは嘘くさかったか？　でも、本心だぞ。みんな仲良く楽しく田舎ライフを送りたい。あの人間関係最悪なブラック職場は二度とゴメンだ。

「ありがとうございます……」

また窓の方に顔を向けて、ニンファさんが言う。

「えっ……。急にどうした？」

「そういえば、お礼を言っていなかったので……。それだけですっ……！」

何でか怒ったような声で言い返すなり、体ごとそっぽを向いてしまった。

カレスティア辺境伯の城を経由してムラノ村へと帰る。

山道をせっせと歩き、懐かしさを感じるようになってきた風景に心和《なご》ませていると唐突《とうとつ》に石垣《いしがき》が見えてきた。

何だ、あれ？

気持ち早足になる。緩《ゆる》やかにカーブした山道を小走りに進んだ先には――

城塞《じょうさい》都市のような壁と堅牢《けんろう》そうな門が聳《そび》え立っていた。

「…………」

目頭《めがしら》を押さえ、フーッと息を吐く。また妙な展開になってるようだな。

城門の上に設《しつら》えられた、見張り台らしき窓からひょこっと見知った顔が現れた。俺を見つけるなり「村長ー！　イエーッ！」と大きく手を振る。

あのパリピ感溢《あふ》れるノリはフリオで間違いない。

「みんなーっ！　村長が帰ってきたぜーっ」

見張り台の中にも声を掛けた。たちまち数人の声が上がり、鉄扉《てっぴ》がゆっくりと開いていく。中から村人たちが飛び出してきた。

「お帰りなさい、村長！」

「留守はバッチリ守ってましたよ！」

「これマジすごいっしょ⁉　俺もマジビビりんぐっした！」

俺を囲んでわいわい盛り上がる。ニンファさんの方には妖精たちが群がり、彼女との再会を喜んでいた。その後ろでライオネルが一人ポツンと突っ立っている。

「ええと……。俺の留守中に何があったのか聞きたいんだが……」

「あ！　あの野郎！　何でこんなとこいんだよっ⁉」

フリオがライオネルを見つけて早速絡んだ。「とっとと消え失せやがれ！」と相手の肩を突き飛ばす。ライオネルは「無礼者！」と怒鳴り、一瞬でフリオを組み伏せた。ああ、さすがに正規の訓練を受けている方が強いか。

「村長、助けてくださーい……！　こいつが急に襲ってきてーっ……」

情けない声で助けを求めるフリオは無視して、門から出てきたディエゴに事情を聞く。「ひとまず中へ」と誘《いざな》われ、俺たちは教会前の広場に向かった。

もちろんそこにも啞然《あぜん》とする光景が待ち受けていた。

「なあ、ディエゴ。何で広場の真ん中に噴水があるんだ？」

「オシャレですよね。ちょっとした憩《いこ》いの場になってます」

「教会、何か豪華になってない？」

「神父があれこれうるさかったらしいですよ。さすがドワーフは良い仕事しますよね。白の漆《しっ》喰《くい》で丁寧《ていねい》に塗り上げて、あそこの装飾とか見事すぎて本物の花と見間違えますよ」

「周りにも建物が増えたような……」

「いつも教会の一室借りるのも悪いんで、新しく集会場作ったんです。あと、村役場とか病院ですね。あっちに作ってるのは何だったたっけ？　ああ、自警団の詰め所か」

単なる土が剝き出しの平地だった教会前広場が様変わりしている。

ここ、ムラノ村だよね……？

「何でこんなことに……」

「村長がトレントに向かった後、妖精たちを住まわせておく家を造らないといけないんじゃないかって話になりまして。まあ、またドナルド神父がうるさかったんですけど、とりあえずハビエルが黙らせてくれて」

神父……いい加減、学んでくれよ。

「場所さえ決めてくれれば自分たちで造るって言うんで、ぶっちゃけ好きなところにどうぞって感じで。そしたらあっという間に家を建てちまったんですよ。それも俺たちのものより遥《はる》かに豪華なのを」

「ドワーフがいるって言ってたよな？　やっぱり職人レベルが違うんだろう」

「で、羨《うらや》ましくなったんで、俺たちの家も改装してもらえないかって頼んでみたんです」

「その要望がどんどんエスカレートしていって、今に至ったんだな」

人間の欲望に翻弄《ほんろう》される妖精。何て哀れなんだ。

俺が申し訳なさで胸をいっぱいにしていると、ディエゴが「いやいや」と手を振った。

「むしろ妖精たちの方が、もっと造らせろ、仕事を寄越せってうるさかったんですよ！　俺たち、家の壁を補修してくれるくらいで良かったのに変な仕掛けをいっぱい埋め込まれて、水道っていうらしいんですけど、信じられます村長？　蛇口《じゃぐち》を捻《ひね》るだけで水が出るんですよ」

もちろん信じられます。しかし、唐突に上水道の話をされてもさすがに戸惑いが強くなる一方だ。

「井戸は、どうしたんだ？」

「一応、ありますけど。ほとんど使う必要なくなりましたね。あと、井戸も形状が大きく変わりました。ポンプっていって、こう取っ手の部分を上下させると水が下から上がってくるんですよ。どんな魔法なんですかねっ？」

ディエゴが目をキラキラ輝かせて言う。

うん。それは魔法じゃなくて科学だな。物理というべきか。

何にせよ、ムラノ村では妖精の手による技術革新が絶賛進行中らしい。一気に近代化が進んだな。

しかし、これはニンファさん激怒案件じゃないか？　さっき妖精たちに囲まれて楽しそうにしてたけど、会うのがちょっと怖いな……。

「村長、少しよろしいかしら」

噂《うわさ》をすれば影……。

俺はそっと背後を振り向いた。幼女を抱えた美少女エルフが真剣な眼差《まなざ》しでこっちを見ている。幼女に頬《ほお》をぺたぺた触られているが、あえて無視しているようだ。

「とりあえず、家に行こうか」

説教されるにしても、なるべく村人の目がないところにしたい。ニンファさんが頷《うなず》いたので俺たちは自宅へと続く坂道を上った。

そして愕然《がくぜん》とした。

俺の家が豪邸になっていた。

ニンファさんたちが住んでいた二階建ての屋敷どころの騒ぎじゃない。どこをどう整地したら山の斜面にこんな家が建つんだろうという疑問はともかく、四階建てのちょっとした城が目の前に建っていた。

「ナーッハッハッハ！　これよ、これっ♪　これこそ私が望んでいた生活なのよ！　やっぱりこうでなくっちゃねえ。あ、ジュースお代わり」

二階のバルコニーでポンコツ女神見習いがビーチチェアに寝そべり高笑いしている。

「…………」

「…………」

ニンファさんと無言で見つめ合った。

俺は高笑いを続けるミューナへともう一度目をやり、それから自宅に足を踏み入れる。

「お帰りなさいませ、ご主人様」

メイド服を着た幼女と少女が両側に並んで出迎えてくれた。

「…………」

「…………」

俺はニンファさんと再び無言で見つめ合う。

「お召し物をお預かり致します」

「外はお暑うございましたでしょう。濡れタオルをどうぞ」

「お靴《くつ》をお磨《みが》き致します」

わらわらと幼女たちが群がってきて甲斐甲斐《かいがい》しく世話をしてくれる。気がつくと俺は部屋着になって二階への階段を上がっていた。えっ？　どうやった？　特にズボンとかどうやって穿《は》き替えさせた？　俺、脱いだ覚えがないんだが？

「…………」

隣にニンファさんが並ぶ。何か言いたそうな目を向けてくるが、まだ口を開くことはない。

俺はひとまず先を急ぐことにした。二階に上がり、バルコニーへと続くガラス扉を開く。数人の妖精たちがせっせと働いていた。銀の盆に載せたジュースを運ぶ少女を引き止め、グラスを手に取る。山々の絶景を見下ろして高笑いを続けているミューナの背後に立ち、中身を全《すべ》て頭からぶちまけてやった。

「ナーッハッハッハブワアッ？　ちょっと何してんのよ、三下妖精！　私を誰だと思ってるの⁉　天下に名高い女神アローナの愛娘《まなむすめ》ミューナ様よ！　あんたたちみたいな妖精なんか指先一つで消し去れるんだからねっ。気をつけないと……」

「ただいま、ミューナ。随分《ずいぶん》とご機嫌だな」

俺は空《から》になったグラスをポンコツ女神見習いの手に握らせ、微笑《ほほえ》んでみせる。

「で、気をつけないと何なんだ？」

「お……オサフネ！　何よっ。ちょっとくらいバカンスを満喫《まんきつ》したっていいじゃない！　これは今まで散々酷《ひど》い目に遭《あ》わされてきた私に対する正当な報酬《ほうしゅう》なのよ！」

「まあ、いつも通りの君でむしろホッとしたよ」

　さっき幼女からもらった濡れタオルをミューナの頭に載せてガシガシとジュースを拭き取ってやる。「やめなさいよーっ」ともがく彼女に「君の仕業《しわざ》なのか？」と尋ねた。

「私の仕業って、何が……？　言っておくけど、この家がこんな豪邸になったのも村の色んなところが変わっちゃったのも私のせいじゃないからね！　全部、こっちに来た妖精たちが勝手にやったことよ！」

「本当に？」

「信じてないなら、その辺の奴らに聞いてみなさいよ！　『ニンファお姉ちゃんが帰ってきたらビックリさせようと思うんだ！』とか『お姉ちゃんのために頑張るんだ！』とかどうでもいいこと叫びながら昼も夜もお構いなしに駆け回ってたんだからっ」

　俺はニンファさんの方を見た。抱えていたブラウニーの幼女を降ろし、一つ息を吐く。

「ミューナの言う通りよ。さっき、この子たちに話を聞いたの。みんな自慢げに喋《しゃべ》ってたわ。あの壁は自分が造ったんだとか、あそこの水道は僕が整備したんだとか……」

「それはそれは……」

「みんな、私のためを思って、この村に貢献したかったみたい」

　どこか遠い目をした。

　儚《はかな》げな横顔に見惚《みほ》れそうになるが、そこでふと気づく。

「なあ、ニンファさん。妖精たちが頑張ってくれたのはいいんだが、頑張ったってことは、相応のエネルギーが必要だったってことになるよな？」

ニンファがフッと微笑み、こっちを向いた。

その切なさを秘めた瞳が全てを物語っている。

「魔硝石《ましょうせき》の鉱脈、掘り起こしたんだな……。妖精たちが自分の意思で……」

「その通りよ」

「せっかく隠し続けてきたものを、俺たち人間じゃなくて妖精たちが」

「掘り出したの。ちなみに、埋蔵量を考えると本当に微少な量しか掘り出してないって言い訳されたわ……」

しかも、その動機が自分にあるとなると、叱《しか》り難いだろうしなあ。

こういうのって、一度禁忌《きんき》を犯すとあとはずるずるいっちゃうもんなんだよなあ。

量の問題じゃないのは俺でも分かる。

「ニンファさん、ドンマイ」

俺に言えるのはそのくらいだった。

「ねーねー、それでトレントはどうだったのー？　あ、お土産《みやげ》はー？　まさか忘れたとか言わせないわよーっ」

ミューナが幼女に新しいジュースを持ってこさせながら言う。君はどこまでもマイペースなんだな。

「……イヤ」

　ニンファさんが項垂《うなだ》れ、肩を震わせる。俺は身構えた。

「もう、イヤ……」

　声も震えている。ああ、これはまずいぞ。こういう一人で溜め込んでしまうタイプが限界を越えると凄《すさ》まじい爆発を起こす。

「ニンファさん、君はよくやったよ。何も悪くない。だからそんなに自分を――」

「もう、ヤだあああああああああああああああああああああああ！」

　美少女エルフが銀髪を振り乱し、絶叫した。

「私一人、気を張って、みんなのお姉さんとして頑張って、もうイヤああああああ！　もう、私、やめる！　みんなのお姉さんやめるうううううううううう！　魔硝石の管理とか人間と妖精の適切な距離感とかうんざり！　今日から私も、みんなみたく好きなようにやらせてもらうんだからあああああああああああああああああ‼」

　衝撃的な告白がなされる。

　きっと長いこと、色んなものを抱えて生きてきたんだ。

　妙に肩肘張っているなあとは思っていたが、俺の予想以上にストレス過多な生き方をしていたらしい。思い返せば偉そうな態度も冷たい物言いも強がって壁を作っていたからだったのだろう。それが剝《は》がれ落ちて素の彼女が顔を出した。

「ニンファさん、落ち着いて――」

「よく言ったわ！　それでこそエルフよ！」

ミューナが跳ね起き、ニンファさんを褒め称《たた》えた。

「好き放題に生きてこその人生！　あるものはじゃんじゃん使って贅沢三昧《ぜいたくざんまい》に生きましょう！

毎日ごろごろ過ごすことこそ正義！　働くなんてまっぴらゴメンよ！」

ミューナ……。こいつはもうダメかもしれん。

荒れるニンファさんと、その周りで跳びはねるミューナを見つめ、俺はやれやれと首を振った。

あ、そういえばライオネルを放ったらかしにしてたな。あいつ、どうしてるんだろう？

バルコニーから教会前の広場が見えたので目を凝《こ》らすと、何がどうしてそうなったのか村の男たちと一対一で組み合い、次々に薙《な》ぎ倒す少年の勇姿を見ることができた。

うん。あいつもすぐこの村に馴染《なじ》みそうだな。

「あ、村長お帰りーっ」

アウラがバルコニーに出てきた。奇妙な踊りを踊るポンコツ女神見習いと美少女エルフを大きく迂回《うかい》して俺のところに来る。抱きついてきた。

「んふふ～♪」

「上機嫌だな。何か良いことあったのか？」

「もちろん、村長と会えたことが嬉しいに決まってるよ！　それに、ボクの家も丸ごとこっちに引っ越してきたからね！」

「何だって？」

アウラが楽しそうに微笑む。

「妖精たちに頼んだらすぐだったよ！　向こうにあった本を本棚《ほんだな》に収めたらかなり良い感じの書斎になったんだ！　今から見に来てよ！」

グイグイ引っ張るのでつき合うことにした。

何だろう？　妖精たちのお蔭《かげ》で生活がかなり楽になりそうなんだが……。

のんびり田舎《いなか》ライフからは遠ざかりそうな気配をひしひしと感じるぞ。

第七章　君の意見を聞かせてくれ

「おはようございます、村長」

優しい声と胸を撫《な》でる感触で目を覚ます。

「おはよう、ニンファ」

俺の上に跨《また》がっている銀髪の美少女エルフに朝の挨拶《あいさつ》をした。メイド服姿の彼女が微笑み、軽く腰を動かす。

「こちらもお元気そうですね。とっても固くて熱いです」

「それは男の生理現象でね。朝は仕方ないんだよ」

「本当ですかぁ?」

ニンファが俺の肩に手をつき、胸を見せつけるように迫ってきた。全体的に細身なんだが、胸はとてつもないボリュームを誇っている。

「んん～っ……。あ、村長、おはよう」

隣でアウラが目を覚ました。当然のようにしがみついてくる。

彼女の柔肌《やわはだ》が押しつけられて声が出そうになった。

「ちょっと、アウラ。私が村長と楽しんでるんだからっ」

「そんなの知らないよ。ボクは村長の嫁なんだから」

アウラの指が俺の胸を艶《なま》めかしく撫でる。「まあ!」とニンファが憤《いきどお》った。

「勝手に村長の嫁を名乗るだなんて、失礼ですよ!」

「すぐにそうなるんだから、いいんだよっ」

「いいえ、そうはいきません!」

掛け布団をはぎ取る。アウラが「ひゃっ?」と悲鳴を上げて丸くなった。

「いきなり布団取るなよっ。寒いだろっ」

「朝ですから、さっさと起きて下さい」

アウラの抗議にニンファはすまし顔で返した。それから俺のシャツを脱がしにかかる。

「村長も早く着替えて下さいませ。もうじき朝食ができますよ」

寝間着《ねまき》のシャツをひん剝《む》くと、続けて俺のズボンに手を掛けた。「そっちはいいから」と抵抗するも何故かここでアウラが俺に覆《おお》い被《かぶ》さってニンファに協力する。あの、アウラ……。お前、素っ裸なの分かってる?

「ほらほら、村長! 観念して着替えなよっ」

俺に抱きついてはしゃぐ彼女を何とかしなければともがいているうちに、ニンファがズボンを引き下ろした。ビンと俺自身が跳ね上がる。

「今日も立派ですね、村長」

ニンファがうっとりと見つめ、撫で擦ってきた。おっと、それは暴発の恐れがあるぞ。

俺は懸命にもがき、アウラを押しのけようとする。しかし狩りガールの身のこなしは素早く、アウラは俺の胸の上で反転し、両足で俺の両腕を押さえ込んだ。彼女の小ぶりなお尻が目の前に迫る。

「はい、村長は押さえ込んだよーっ」

アウラが下の唇で俺の口を塞《ふさ》ぎ、上の唇でニンファに報告した。美少女エルフは「ご苦労様」と答え、指の動きを速める。

「朝からこんなにしてっ。落ち着かせないとお仕事に支障をきたします」

「ボクも手伝ってあげるね！　あ！　ぬるぬるしてるの出てきた！」

楽しそうに二人が俺自身を弄《もてあそ》んだ。

今日こそは負けるものかと抵抗を試みるが、そのたびにアウラが「あん♪」とエロい声を上げて身をのけぞらせるものだから、どうしても手加減せざるを得ない。

そのうち露が溢《あふ》れてきたので舌を使って嘗《な》め取り嚥《えん》下《げ》した。このところ毎朝飲んでいるので味にも匂《にお》いにも慣れてきた。

舌先で豆を探り当て、チロチロと弄《いじ》る。自分の唾《だ》液《えき》と彼女の露を混ぜ合わせ、ねっとり塗り

つけてから軽く吸い立てた。

アウラの背中がビクッと反り、俺自身を弄んでいた手がギュッと握り込む。彼女の中から、ドプッと大量の蜜が溢れ出した。鼻がずぶ濡れになってしまう。急いで舌を這《は》わせ、奥に潜り込ませた。

「んっ♪　んっ♪　んっ♪」

アウラが体を弾ませるようにして腰を動かす。歯を食いしばって堪《こら》えているのが日に見えるようだ。何とか先に力尽きてもらいたいものだが、俺自身は二人がかりの責めにもはや臨界点に達している。

「ふふっ。村長ったら、そろそろですね」

あげくニンファが玉にまで手を伸ばし、巧みに転がし出した。

おおおっ？　初めはあんなにたどたどしかったのに、成長著《いちじる》しいじゃないか。

「それでは、とどめです」

指使いが更に速くなる。こんなもの耐えられるわけがない。

俺は敗北を悟って目を閉じた。

次の瞬間、

「ちょっとオサフネ！　いつまで寝てんのよっ？」

寝室の扉を押し開け、ミューナが飛び込んできた。

「あら？」

俺自身を握っていたニンファが振り向く。そのせいで向きが変わった。我慢できず、ミューナの顔にぶっかけてしまう。

「ふぎゃあああっ⁉」

勢い良く浴びせかけられ、ポンコツ女神見習いが悲鳴を上げた。

「わっ？　大丈夫？」

アウラが腰を浮かせる。その隙《すき》を衝《つ》いて首を巡らせると、尻餅《しりもち》をついて呆《ほう》けているミューナの姿を捉えることができた。

「あ……すまん……」

「……この」

「この？」

「このエロフネえええええええええええええええ！　毎朝、何やってんのよぉ⁉」

ミューナが激昂《げっこう》する。うん。今のは本当にすまんかったと思っている。

彼女は俺の動きを封じているアウラを押しのけた。しかしアウラも負けてはいない。すぐに取っ組み合いが始まる。ええと、俺を挟んで組み合うのはやめてくれないか。

「このくらいで動揺《どうよう》するなんて、意外とお子様なのね、ミューナ」

ニンファが俺自身を弄びながらフフンと笑った。そろそろ離してほしい。

「村長ったら、まだこんなに元気で。やっぱり手だけじゃ満足できないのですね」

不穏な発言に彼女を見つめる。すでに咥《くわ》えていた。ぬちょぬちょと水音をさせて嘗めしゃぶる。巧みに舌も使って緩急《かんきゅう》をつけ、俺自身をしごいた。

「んむうっ♪」

根元まで包み込まれる。喉奥《のどおく》まで入れてしまうなんて、本当に成長が著しいぞ。初めは咥えるだけでも怖がっていたのに。あんなにして苦しくないのだろうか？

温かくぬるぬるとした感触に丹念に嬲《なぶ》られ、固くなってしまった。ニンファがずるりと俺自身を解放する。彼女の唾液塗《だえきまみ》れになったそれを見下ろして満足そうに頷《うなず》いた。

「うふふ♪　さっきより大きくなりましたね。それでは、失礼致します」

彼女は鮮やかな手つきで絹の下着を下ろす。脱ぎ立てのそれを俺の顔に被せて「アウラより良い匂いでしょう？」と囁《ささや》いた。

そのときには下の唇が怒張した俺自身を舐め回していた。しっかり握られているので逃れる術がない。おまけにアウラとミューナが俺の両腕を押さえつけて取っ組み合っているから強引に引き離すこともままならなかった。

ああ、今日も勝てなかったよ……。

やはり三人相手に勝てるわけないいんだよなあ……。

そんなことを思いつつ、ゆっくり腰を落としていく美少女エルフを見つめる。

透き通った碧眼《へきがん》で俺に熱い視線を注いでいた彼女が舌なめずりをした。

「ああっ♪　今日の村長もっ……しゅごいですっ♪」

メイド服のスカートがベッドに大きく広がる。完全に腰を落としたニンファがゆっくり上下に動き出した。

「村長っ♪　村長っ♪　村長っ♪」

くうっ……！　何度味わっても、とんでもない快感だっ……！

入り口は狭く、強引に分け入っていくと細かいひだひだが無数に絡みついてきて、愛《いと》おしそうに撫《な》で回してくれる。さらに奥まで進むとまた少し狭いところがあって握りしめられるような感触があった。

ちょうど俺自身の出っ張りが上手《うま》く引っ掛かるので、上下に動くたび、背筋からゾワゾワと快感の波が這い上がってくる。それは彼女も同じ、いや、それ以上らしく、ここを責めると声が急に高くなって余裕がなくなるのが可愛《かわい》い。

「ああっ♪　そこっ♪　そこですぅっ♪」

今朝のニンファも悦楽《えつらく》の波に翻弄《ほんろう》され、嬉しそうに腰使いを激しくさせていった。ちなみに浅いところにも感じるポイントがあるらしく、そこも丹念に味わってくる。

「もう、ボクのことを無視しないでよっ」

絹の下着が顔から脱がされ、口を塞がれた。アウラがねっとりと舌を絡めてくる。すぐ側でミューナがキーキー騒いでいるがお構いなしだ。互いの唾液が絡み合い、頭の芯がボーッとしてくる。

もうすぐ、朝ご飯ができるんじゃなかったか？

そんなことを頭の片隅で考えていると、アウラが俺の腕を導いて自分の中に指を入れさせようとしてきた。ぬるぬると滴《したた》っているもので人差し指と中指を濡らし、まず中指でまさぐる。すんなり潜り込んでしまった。しばらく出し入れしてから人差し指も差し入れる。一本で中を弄りつつ親指で豆の皮を擦り上げた。

「!?」

アウラの舌が一瞬、硬直する。軽く電流が走ったように震えた。俺は剝き出しになった豆を親指で優しく嬲る。彼女の腕が俺の頭をギュッと抱きしめた。これ、地味に苦しいんだけど、こうなってしまうと絶対に離さないからな。舌使いも一層激しくなるし。

お返しとばかり、アウラの中を二本の指で執拗《しつよう》に弄る。まだまだ狭くて締まりがすごいから、少し動かしただけでも反応するのが可愛いんだ。内側のざらざらしたところを見つけて、指の腹で撫で回す。

「ふっ♪　んふぅっ♪」

こちらの舌裏を舌先で責めていたアウラが小刻みに震えた。手応えを感じたのでさらに激しく指を暴れさせる。リズミカルに叩いてやると、面白いように腰が跳ねた。それでも腕は離さない。息が荒くなっているので、もう一押しだというのが丸わかりだ。

比較的、優しくしていた親指の動きを速める。

軽やかにソフトタッチを心がけ、周りを擦って焦らしも加えてみた。たらたらと蜜が愛らしい内股《うちまた》を伝い落ちていく。すでに手はぬるぬるだ。人差し指と中指を動かすたびに、ピチャピチャといやらしい音がする。

「んはあっ♪」

とうとう彼女が堪えきれずに口を離し、熱い息を吐いた。互いの舌の間に唾液が糸を引く。惚《ほう》けた顔のアウラは熱に浮かされたように見つめてくる。

少し視線を下げると、彼女の慎《つつ》ましやかな胸がツンと尖っていた。俺がどこを見ているのか気づいたのだろう。恥ずかしそうに頬《ほお》を染め、それでも素直に覆《おお》い被《かぶ》さってくる。固く勃《た》った桃色のつぼみを口に含み、弧を描くように舌を這わせて嘗める。

ほんのり膨《ふく》らんだアウラの胸は見た目よりずっと柔らかく滑らかだ。強く吸い立てると「やあっ♪」と声を上げる。もう一方の胸に移り、蕾《つぼみ》をイジメてみた。「やんっ♪」「やんっ♪」と全《まった》く嫌がっていない声で鳴くので楽しくなる。

とはいえ、いつまでも遊んではいられなかった。

下半身の悦楽がピークを迎えている。

ただでさえ気持ち良いのに、どんどん動きが上達していくので末恐ろしいよ。俺、近いうちに干《ひ》からびるんじゃなかろうか。

甘くて荒い息を吐き、「村長！」「村長、私！」と切迫した声を上げるニンファ。いつの間にかメイド服の胸元がはだけられ、彼女の泡雪《あわゆき》のような白い肌が露わになっていた。大ぶりな双丘《そうきゅう》が目の前でダイナミックに弾む。

お互い、限界だ。

俺は指の動きを激しくしつつ呼吸を合わせて腰を振る。

絶頂は近い。

「!?」

そのとき、空いている方の手を誰かが握った。

横目で様子を窺《うかが》う。俺の指を今まさにおずおずと咥えたのはミューナだった。頬を真っ赤に染め、人差し指を口に含む。

ぬるぬると唾液を含ませてしごき、軽く吸ってきた。

たどたどしい動きだが、初々《ういうい》しくてたまらない。

俺の反応が気になるのだろうか。たまにチラチラとこちらに目を向けてきた。

怒張しきっていると思っていた俺自身が更なる力を得る。

「んんっ♪　そんな、村長っ？　しゅごいいいいっ……！」

ニンファが信じられないという嬌声《きょうせい》を上げた。彼女の腰使いも更に激しさを増す。

俺は再びアウラの唇を奪った。彼女の口内を目一杯味わいながら、ミューナに咥えられた人差し指をそっと動かす。初めは戸惑っていた彼女も舌を指の腹で擦られるうち、夢中になって吸いついてきた。中指を唇に這わせ、少し強引に開かせる。

二本目を咥え込んだミューナは何やらもぞもぞと体を捩《よじ》った。視線を下ろすと股《また》の間に自分の手をやっている。俺は軽く舌をつまんでやってから二本とも抜き取り、代わりにリンピースの裾《すそ》を持ち上げて彼女の太股に指を這わせた。

「んあっ……？　何してんのよ、エロフネっ……♪」

だらしなく舌を出して抗議するが、本心でないのはバレバレだ。自分から腰を前に突き出して俺の指を迎えようとしている。

ミューナは、まだなんだよなあ……。

辿り着いた秘所は熱く煮えたぎっていた。微《かす》かに震えているのを感じ取る。やはり初めては怖いだろう。もう少し丁寧《ていねい》に――

「!?」

などと冷静に考えている場合ではなかった。

強烈な快感に包まれ、ついに爆発する。ニンファが獣のような声を上げて果てた。

「おっと」

アウラとのキスを中断し、覆い被さってきた彼女を受け止める。焦点の合っていない目で荒い呼吸を繰り返すニンファの背を優しく撫でた。汗でメイド服がしっとり濡れている。

「村長……今日も、しゅごかった……です……」

耳元で囁かれ、思わず頬が緩《ゆる》んだ。

「もーっ！　ボクにもだからねっ」

指を抜いてしまったせいだろう。膨れ面になったアウラがニンファを押しのけた。ずるりと俺自身が解放される。しかし、弾みでミューナからも手が離れてしまった。切なそうな、でもホッとしたような、微妙な表情を見て不覚にも胸が高鳴った。

「村長、まだまだいけるよねーっ？」

アウラが俺自身を口できれいにしてくれる。本当に朝食を食べて村役場に行かないといけない時間になっている気がするが、まあ、どうにかなるだろう。

「仕方ないな」

俺は小ぶりのお尻を撫でて、彼女を四つん這いにさせる。滴るほど濡れている蜜壺《みつつぼ》に後ろから俺自身を突き入れた。

「あはあああっ♪」

しっかり準備を整えておいたお蔭《かげ》か、いつも以上にすんなり奥まで届く。ぎっちり締めつけて奥が蠢《うごめ》くので、少し動くだけでも快感の波がせり上がってきた。

「少し激しくするぞ」

正直、俺も焦らされていた感はある。ニンファを堪能《たんのう》しながらアウラを味わいたくて仕方なくなっていたのだから困ったものだ。ともあれ、そろそろ本能のままにいきたい。

アウラのつるつるしたお尻を撫で、くびれた腰を両手で摑《つか》んだ。

「んっ……！」

これから襲いくるもののことを思ったらしく、キュッと目を瞑《つむ》り、シーツを握るアウラ。こういうところが、まだまだ初々しい。

俺は容赦《ようしゃ》なく腰を打ちつけた。同時に両手を引き、より深く突き入れる。

「んひぃぃぃぃっ♪」

堪えきれずアウラが嬌声を上げた。遠慮《えんりょ》なく腰を振って両手を動かす。彼女はすぐに、だらしなく口を開けて泣きじゃくり出した。イヤイヤと首を振るたび赤毛が激しく揺れる。そんなことをしてもやめるつもりはこれっぽっちもない。

ぎゅうぎゅうと締めつけ、出し入れするたびむさぼるように絡みついてくる。本人は無意識なのだろうけれど、これはとてつもない才能を秘めているのかもしれない。

「あんっ♪　やんっ♪　そんちょぉっ♪」

嬉しそうに叫ぶアウラの背筋に舌を走らせた。ビクンと身を反らせ、締めつけが強くなる。

滑らかな肌に幾度もキスをして彼女の体を思う存分、味わった。

トレント軍との騒動が落ち着き、妖精たちが村に住みついてから一月ほど経った。

あの日、ブチ切れてしまったニンファは予想外の方向に自分自身を解放してくれた。

すなわち、「ご主人様に誠心誠意尽くすメイドさん」になったのだ。

「私、こっちの方が性《しょう》に合っていると言いますか……憧れだったんです」

翌朝、「おはようございます、村長」とメイド服姿で起こしにきた彼女に俺は唖然とした。

彼女が語ったところによると、元から偉そうに命令する立場ではなく誰かを側で支えたり尽くしたりしたい願望があったらしい。

「ですが、こちらに居を構えてからは私が妖精たちのまとめ役みたいになってしまって……」

この村周辺だけでなく、山全体を見てもニンファより格上の妖精は存在しなかったそうだ。

それで自然とまとめ役になったところ、皆に「お姉ちゃん」「姉さん」と慕《した》われ、「みんなのお姉さん」という立場から逃げられなくなっていったという。

「この子たちのお世話をするのは楽しいのですけれど、あんな女王様みたいな態度、本当は取りたくなかったんです。でも、嘗められたら終わりだって思ったから……」

必要以上に辛辣《しんらつ》な態度や冷淡な言動をしていたのは、加減が分からなかったせいでもあったようだ。まあ、俺たちはそれほど酷《ひど》い目に遭《あ》わされていないが。

「でも、これからは私とともども村長が面倒を見て下さるようですので、私も好きに生きようと思います。どうぞ、ニンファと呼び捨てになさって下さい！」

深々と頭を下げたニンファを見て、正直、動揺《どうよう》した。エルフは高潔でちょっと偉そうにしてるくらいがイメージに合っていたからだ。とはいえ、彼女の要望には応じるべきだと考え、メイドとして側に置いておくことにした。

念のために言っておくが、下心はすごくあったぞ。

あわよくばエロいことしてみようかと妄想を膨《ふく》らませまくっていたからな。

だがしかし、事態は俺の予想を遥《はる》かに上回る勢いで進展した。

むしろ彼女の方が積極的に色んなご奉仕をしてくれたんだ。

今まで抑え込んでいたものが爆発すると、すごいことになるのだと改めて思い知ったよ。

初めは俺も理性的な対応をしていた。

でもなぁ……。現実問題として、ラッキースケベというのはコメディなオチがつくから寸止めで終わるのであって、そんなストッパーが存在しない場合、あとは俺自身の行動いかんにかかってくるわけで。

ぶっちゃけ、二十九歳に十代男子の気恥ずかしさとか妙なプライドとかは存在しない。

ヤれるなら、ヤる。

この世界において、自重する意味などないんだ。

そんなわけでニンファと、それからアウラともするようになってしまった。

ちなみにミューナが何故か怒って止めようとしてきたこともある。

やいやい騒ぐのを放置してイチャついていたら耳まで真っ赤にして黙ったけれど。しかも、思いっきり凝視していた。最後までじっくり見ていたと思う。

そんなわけで朝からバタバタしつつ、村役場に走った。

教会前広場にある村役場までの道程も、きれいな階段ができて歩きやすくなっている。日々、妖精たちと村人たちが協力して作業を進めているお蔭だ。

ムラノ村の人口も増えている。妖精たちの数は把握《はあく》しきれていないが、「村長ノート」に記された人間の数だけでも二百人に達していた。急激な発展を遂《と》げているムラノ村と仲良くしたがっている周辺の村や町から縁談が幾つも舞い込んできたからだ。

実は今まで男女比八対二くらいだった我が村も、女性が順調に増えている。ほんの三日前にはディエゴの結婚式があった。めでたいことだ。

「おはよう」

「おはようございます、村長」

役場に入って挨拶《あいさつ》を交わす。主立った者たちと一日の予定を確認し、それぞれ仕事に取りかかった。けっこうな量の書類にうんざりしながらも一つ一つこなす。

「…………」

それにしても、のんびり田舎《いなか》ライフを目指していたはずなのに、何で俺はこんなにせっせと働いているんだろう？

「…………」

どこかで軌道修正しないといけないのではないだろうか。特に、こういう書類仕事は村長代理的なポジションを作って、そいつに任せるべきだ。で、俺は日がな一日バルコニーでごろごろ昼寝を……。

「それじゃ、ミューナみたいじゃないか」

「…………」

思わず一人ツッコミを入れてしまった。いかん、いかん。あいつのようになったらオシマイだな。働く必要がなくなった途端、本当にぐうたら生活をしているポンコツ女神見習いには何か仕事を振りたいものだ。

「なあ、君はどう思う？」

「…………」

「無視しないでくれよ」

俺はため息混じりに相手を見た。

俺が来る前から村長室の隅に立ち、まるで彫像のように身動き一つせず俺のことをじっと見つめ続けている少年がいる。

ライオネルだ。

「…………」

彼はトレント王との繋《つな》ぎ役という名目で村に滞在しているが、一ヶ月経った今でも村に馴染《なじ》んでいなかった。徹底的に壁を作り、滅多《めった》に口を利《き》かない。一応、客人という扱いで俺たちと同じ家に住んでいるのだが、その姿を見ることはほとんどなかった。

それなのに朝から夕方まで、俺のことを監視し続けている。せめて座っていれば良いのに、毎日、きっちり甲冑《かっちゅう》を着込んで立っているのだからご苦労なことだ。

ついでに言うと、あの甲冑には魔力が込められており、子どもでも軽々と着こなせる上、その辺の重装備より遥かに高い防御力を誇るという優れ物だそうだ。カレスティア伯爵はかなりの金持ちで親バカのようだな。

「なあ、もう少し歩み寄ってくれても良くないか？　君のトレント王に対する忠誠心はよく分かったよ。でも、みんなと仲良くしても罰は当たらないだろ？」

「…………」

ライオネルの目には一切の揺らぎがない。とんでもない強情っぷりだ。

実を言うと俺はライオネルが嫌いじゃない。ちょっといきすぎてそうな忠誠心も青臭《あおくさ》くて好感がもてるんだ。青春だねえと言いたくなるのはオッサンかな？

だからこそ、もう少し村の若者たちと馴染んで欲しい。皆、ライオネルのことを気に入っているのは間違いない。女の子のような顔立ちのせいでからかわれることもあるようだが、初日に村の男たちを、ハビエルも含めて全員、投げ飛ばしたことで一目置かれているんだ。フリオにいたっては「もっと！　もっと投げて下さい！」とか何かに目覚めた顔で叫んでいた。うん、あれは参考にならないな。

仕事を終えて帰路に就《つ》く。

日が沈んでいても帰り道のところどころに街灯が立っているので安全だ。本当にこの村だけ時代が進みすぎている気がする。途中、振り向くと数歩後ろをライオネルが歩いていた。いつものことだ。一緒に帰ろうと誘っても無視するのに、常に後ろをついてくる。

「何度も言っているけれど、君を無理やり村人にしたのは悪かったと思っている」

「…………」

「ただ、信じて欲しい。俺は君の幸せを願っているし、そのために力を貸すよ。トレント国民だろうとモートリス国民だろうと関係ない。同じ、ムラノ村の住人だ」

「…………」

今日もライオネルからの反応は得られなかった。

俺は階段を上り、自宅に向かう。

大勢の妖精たちとニンファ、アウラに出迎えられた。拗《す》ねた顔で遠巻きにこっちを見ているミューナにも軽く手を挙げる。ムスッとした顔のまま、彼女は小さく手を振り返した。

振り向くとすでにライオネルの姿はない。

年頃の少年と仲良くなるのは、まだまだ時間がかかりそうだ。

深夜、喉《のど》の渇《かわ》きで目が覚めた。

身を起こし、ベッドから降りる。裸で寝ているアウラの体に掛け布団を直してやり、俺は適当にガウンを羽織《はお》った。寝室の隅に置いてある水差しから水を注いで飲む。一息ついてからベッドに戻ったが、何となく寝汗が気になった。

軽く汗を流してくるか。

妖精たちのお蔭で大きく様変わりした生活だが、中でも一番嬉しかったのは風呂に入れるようになったことだった。

しかも温泉だ。いつでも入れるよう設備が整えられているのもありがたい。俺はバスタオルを手に一階奥の大浴場へと向かった。蛇足《だそく》かもしれないが、俺の私室には浴室もついている。一人か二人で入るならそっちで十分だ。ただ、こんな夜更けに大浴場を使ったら、さぞや開放感があって気持ち良いだろう。

大浴場の扉を開く。そこで微《かす》かな違和感を覚えた。左右を見回す。

あった。

違和感の正体はこれだ。脱衣所の籠《かご》に人一人分の衣服が入っている。つまり、誰かが風呂に入っているということだろう。

俺とライオネル以外は女の子だけのはず。となると、邪魔するのは良くないな。

妖精たちは人懐っこく、一緒に風呂に入ろうと誘ってきたり、俺が入っているところに平気で入ってきたりするのだが、やはり姿形が幼女や少女のそれなので色々と困る。

仕方ない。部屋の浴室で済ますかと踵《きびす》を返しかけたとき、壁に立てかけられた剣を見つけた。

この家で帯剣しているのは唯一人、ライオネルだけだ。

「！」

閃《ひらめ》きが訪れた。

そうだよ。男同士、裸のつき合いをすべきじゃないか。

文字通り、余計なものを脱ぎ捨てて、腹を割って話す。そういう機会をもつことでライオネルとも距離が縮まるに違いない。

俺は素早くガウンを脱いだ。

鬱陶《うっとう》しいオッサンと思われても構わない。村長として村人と交流を深めたい。その思いをきちんと示すことが大切なんだ。

何だか言い訳じみたことを考えてしまったが、とにかくガラスの引き戸を開けて俺は大浴場へと踏み入った。

「ライオネル、いるんだろっ？　一緒に入ろう」

湯気の漂う浴室で少年の名を呼ぶ。

ライオネルの姿はすぐに見つけることができた。湯船から出ようとしていたところらしい。

中腰の姿勢で、こちらをまじまじと見つめていた。

「こんな夜中に偶然だなっ。俺もちょっと汗を流したくなってな」

こういうときは勢いで押し切った方が良い。逃がさないよう堂々と歩を進めた。相手は中腰のまま固まっている。よし、今夜は逃がさないぞ。

「な、な、な、何でっ……？」

ザブンと音を立ててライオネルが湯に浸かった。出るのはやめてくれたらしい。俺は「男同士、裸のつき合いだよ」と笑いかけ、手桶《ておけ》でかけ湯をした。さっきちゃんと洗ったから、このくらいで良いだろう。

俺が湯船に入ると、すごい勢いでライオネルが距離を取る。しかも湯船に浸かったままだ。なかなか器用なことをする奴だな。しかし、こんなチャンスは滅多にない。何としても親睦《しんぼく》を深めて村に馴染んで欲しいんだ。

「待ってくれ。俺たちはもっとお互いを理解し合うべきだと思うんだ」

俺は湯の中を歩いてライオネルを追う。器用な動きとはいえ、当たり前だが遅いのですぐに追いついた。けっこう広い湯船だけれど、上手《うま》いこと角に追い込むことに成功する。

「ちょっ……待て……！　待って……！　それ以上、近づくなっ！」

どこか怯えた様子でライオネルが手を突き出した。湯に浸かりすぎたのか顔が赤い。あまり無理させるのも悪いな。とりあえず湯船から上がった方が良いのかも。

「あんまり入ってるとのぼせるぞ」

俺は突き出された腕を掴《つか》んで引き起こそうとした。

「やめろおおおおおおおおおおおおおおおお‼」

絶叫とともに振り払われる。ライオネルは肉食獣に襲われる小動物のように小さくなってしまった。ぬう……。そこまで嫌わなくても良くないか。

「ライオネル。俺たちは仲良くできると思うんだ。君が貴族として平民なんかと対等な扱いされたくない気持ちは分かる。だけど、もう少し歩み寄ることはできないだろうか？」

俺はあえて歩を進めた。ざぶざぶと湯を足で掻《か》き分けてライオネルに近づく。逃げ場を失った少年は湯船の縁にしがみつき、あわあわと俺を見た。というか、この状態だと目線の高さが俺の股間《こかん》にジャストミートだ。

だが、俺は怯まない。むしろ、ちょっと面白い状況みたいな感じで笑いを誘おうと考えた。下ネタに頼るのは下策《げさく》だが、こういうのも裸のつき合いの醍醐《だいご》味だろう。

「なあ。どう思う？　君の意見を聞かせてくれ」

真面目《まじめ》な顔をしつつ股間を揺らす。ぶーらぶらと俺自身がライオネルの眼前で前後に揺れた。失笑でも良い。ここは少年の笑いが欲しい。

「どうなんだ？　ん？　どう思っているんだ？」

揺らし続けていると意外と大きく揺れるものだ。目を剝《む》いて硬直しているライオネルの鼻先すれすれを先端が走る。おおっと！　今のは危なかった。いくら男同士といえど、これ以上は危険な事態を招きかねない。

「まったく強情な奴だ。ちょっとでいいから笑ってくれよ。体張ってるんだから」

真顔で微動だにしないライオネルに話しかける。しかし少年は愛想笑い一つ見せなかった。ただただ、じっと俺の股間を凝視している。

あ、何かすごく恥ずかしくなってきた……。

冷静に考えると最低なことしているな、俺……。こういうのもパワハラとかセクハラになるよな……。いかん。俺自身がクソ野郎の仲間入りをしていただなんて……。

項垂《うなだ》れ、額を手の平で打つ。ここはライオネルに謝らないと。

「すまん！　バカなことをしてしまっ……ライオネル？」

ライオネルが泣いていた。

硬直したまま、ぽろぽろと涙を流している。鼻を啜《すす》り、小さな声で「ごめんなさい」と言った。えっ？　何で謝ってるんだ？　悪いのは俺の方だぞ。

「ごめんなさい……。オレが……オレが悪かったからぁ……。もう許してくださぁい！」

そう叫んでギュッと目を瞑《つむ》ると、俺の腹を押してその場から逃げようとした。慌ててライオネルの肩を摑む。振り払おうと少年が腕を上げた。その拍子に体勢を崩して転びかける。

「危ない！」

咄嗟《とっさ》に抱きとめた。そのまま堪えきれれば良かったのだが、踏ん張りきれず足を滑らせてしまう。派手な水しぶきを上げて尻餅《しりもち》をついた。

「あっつう……。尻が割れたっ……！」

我ながら死ぬほどつまらない発言が飛び出す。色々とダメ過ぎるな……。

「大丈夫か、ライオネル……ん？」

右手にもにゅっと柔らかい感触がある。

しかし、俺の右手はライオネルの胸を摑んでいるはずだ。鍛えているはずの少年の胸がこんなに脂肪《しぼう》だらけのはずがない。

では、これは何だ？　けっこうボリューミーで触っていると心が穏やかになるのだが。

俺は正体を確かめるため、ゆっくりと手の平で撫《な》で擦り、下からすくい上げるようにして指全体で揉《も》んでみた。「んんっ♪」とライオネルが身悶《みもだ》える。

…………まさか。

俺は少年の内股を抱えるように摑んでいた左手をそっと滑らせる。

祈るような思いで茂みの中をまさぐった。

だが、祈りは虚《むな》しく、そこにあるはずのものはなかった。

ぴったり閉じられた割れ目に中指を走らせる。

キュッと力を込めてライオネルが股を閉じた。俺を睨《にら》みつける。

「ライオネル、君は――」

「オレは男だ！」

「でも、これは……」

「男なんだっ……！　そうじゃないと、いけないんだよ！」

声に悲痛なものが混じる。俺はライオネルを抱きしめた。

「事情を聞かせてくれ」

「……分かった。オレだって覚悟はしてきたんだ」

強がっているのがすぐに分かる声で、それでも気丈に答える。

「オレの部屋に来てくれないか……？　さすがに、初めては、普通がいい……」

「ん？　あ、ああ……」

少し意味が分からなかったものの、話をしてくれるというのだから従うことにした。「少ししてから来てくれ」と言われ、俺は彼、じゃなくて彼女を解放する。

少しふらついていたので「手を貸そうか」と言ったが、ライオネルは「いい」と答えて浴室を出ていった。

「…………」

湯船に浸かり、フウと息を吐く。

ずるずると体を滑らせ、そのまま頭まで湯に潜った。

「ああああああああああああああああああああああああああああああああああ‼」

お湯の中で絶叫する。

やっちまったああああああああああああああああああああああ！

何してんだよ、俺えええええええええええええええええええええええええ！

女の子の顔の前でぶーらぶらとかやってんじゃねえよおおおおおおおおおおおおお！

前世だったら余裕でタイーホ案件じゃねえかああああああああああ！

バカなの!?　バカなの、俺!?　死ぬの!?

ガバッと湯から顔を上げる。ハアハアと息を吐き、ぐったり項垂れた。

「いかん……。どうにかして挽回しなければ……」

挽回できるのかどうか、絶望的な状況だけれどやるしかない。

俺はシャワーで冷水を頭から浴び、心身を浄めてライオネルの部屋に向かった。


「オレの本名は、イオネラっていうらしい……」

ベッドの端に腰掛け、ライオネルが口を開いた。

ちなみに俺も彼、じゃなくて彼女の隣に腰掛けている。部屋の椅子《いす》に座ろうと思っていたら何故か隣を指し示されたので少し間を開けて座った。

「オレは……国王陛下が平民の娘に産ませた子だって、父上から聞いた」

「トレント王の隠し子か」

カサルバで感じた疑念を思い出す。そういえば目元が似てるような気はしていた。それに、あのとき焦って「父上⁉」って口走っていたような。

改めて、まじまじとライオネルを見つめる。男物の寝間着《ねまき》を着ているが、こうして見ると明らかに女の子だ。少年だと思っていたのが不思議なくらいだよ。

「そんなに、じろじろ見るなっ」

自分の胸を隠してライオネルがこっちを睨んだ。正直、その程度では隠せないくらいはっきりと膨《ふく》らんでいる。普段、どうしているんだ？　やっぱりサラシみたいなもので締めつけているのだろうか。

「父上は陛下からの信頼が篤《あつ》くて、オレを密かに預けて育てるよう頼んだそうだ。ただ、カレスティア家には跡取りの男子がいなくて……」

「君を嫡男《ちゃくなん》として育てることにした？」

「そうだ。オレは物心ついたときから男としての教育を受けてきた。カレスティア伯爵家の跡取りとして相応《ふさわ》しい振る舞いができるように」

「大変だったんだな」

「大したことじゃない。そういう巡り合わせだったんだと割り切ることはできた。ただ、成人したとき、父上から真実を聞かされた。オレが国王陛下の子であるということを……」

ライオネルが項垂れる。

「そっちの方がずっとショックだった。オレにとってはカレスティアの両親こそが本当の親だ。今更、本当の親が別にいるなんて言われてもっ……。それも、父親が国王陛下だなんて言われてもっ……」

「そうだよな。物心ついたときからカレスティア伯爵の家で暮らしていたんだから」

「父上は、成人したオレを王都に連れていって陛下に挨拶《あいさつ》させた。きっと成長したオレの姿を陛下にお見せしたかったんだろう。でも、オレはそこで決めたんだ」

「何を？」

「オレはあくまでカレスティア伯爵の息子だ！　国王陛下に忠誠を誓う臣下の一人に過ぎない。オレは陛下を父親だなんて思わないし、陛下からも贔屓《ひいき》されたいとは思わない。そう、決めたんだよ！」

ライオネルと一緒にトレント王と会ったときのことを思い出す。あのとき彼女はすでに気持ちの整理をつけていたんだ。だから、あんなに堂々としていられた。

まあ、その後、俺が色々とぶち壊した感はあるんだけどな。

それはそれとして、ライオネルの事情はよく分かった。カレスティア伯爵家も安泰ではなさそうだし、これからも彼女は重荷を背負っていくことになるのだろう。村長として、村人を支えてやれたらと思う。

俺は優しくライオネルの肩に手を置いた。ビクッと彼女が震える。

「ライオネル、君はよくやっている。俺も力になるから、困ったことがあったら――」

「さあ、オレを好きにすると良い！」

悔しそうに目を瞑《つむ》り、ライオネルが叫んだ。

唐突《とうとつ》な発言に首を傾《かし》げる。

「何を言っているんだ、ライオネル？」

「と、とぼけるなっ……！　知っているんだぞっ。『秘密をばらされたくなければ、どうすればいいか分かるよな？』と言ってオレを脅《おど》して、いいように弄《もてあそ》ぶつもりなんだろう……!?」

「そんな台詞《せりふ》、どこで覚えた？」

「ち……父上の書斎でっ……本棚《ほんだな》の裏に何か隠してあるなと思って引っ張り出した本に……書いてあったんだ……！」

おうふっ……。

アウラのときも思ったのだが、娘に自分のエロ本を発見される父親ってかなりきついんじゃなかろうか。

「べ、別に読んではいないぞ……！　ただ、パラパラッと頁《ページ》を捲《めく》っただけで……！　屈辱《くつじょく》的な仕打ちをうける女騎士のくだりなんか……全然、興味なかったんだからなっ」

あ、はい。

赤面して服の裾《すそ》をギュッと握りしめている彼女を見ていると、ぶっちゃけ元気になる。そもそも、さっきから風呂上がりの良い香りがしていて妙にエロいんだ。

俺は部屋の扉に目をやった。

こういうとき、邪魔が入ってうやむやになるというのがお約束なのだが、その気配はまるでない。そういえばライオネルに言われて部屋の鍵《かぎ》を掛けたんだった。

「なあ、ライオネル。俺は君の秘密を誰かに話したりしない。それに見返りを求めたりもしないよ。事情を話してくれて、ありがとう。これからは俺も気をつけてばれないよう協力するから安心してくれ」

そう伝えて立ち上がる。さて、俺はクールに去るぜ。

「そんな口約束、信用できるか！」

怒鳴られた。

見下ろすと、ライオネルが上目遣いに睨んでくる。

透き通った緑の瞳には真摯《しんし》な炎が宿っていた。

おいおい、ちょっと思い詰め過ぎじゃないか？

ベッドのシーツをきつく握りしめて、微《かす》かに震えているのに強い口調で彼女は言った。

「オレはカレスティア伯爵家の将来を担《にな》っているんだっ。生半可な覚悟ではここに来ていない！　村長！　お前の温情に縋《すが》って生きるなどオレの矜持《きょうじ》が許さん！」

「だったら、どうしたらいい？　約束を書面にしようか？　でも、そうなると証人とか色々とまずいな……」

二人だけの秘密に証人を立てたり、書面で約束したりしては逆にばれる危険性が高くなる。

俺が腕を組んで考えていると、ライオネルが自ら寝間着のボタンに指をかけた。

「け、契約だっ……！　オレの体を好きにしろっ。その代わり、村長はオレの秘密を決して明かさない！　それなら、対等だろうっ？」

これ、何てエロゲ？

あまりにアレな展開にさすがの俺も頭を抱えた。こいつ、生真面目《きまじめ》過ぎてダメな発想に突っ走っているな。

俺はフウと息を吐いてベッドに座り直した。第一ボタンをのろのろ外していたライオネルの手を取る。「くっ……」と彼女が身を固くした。ほら、やっぱり怖いんだろ？　覚悟がどうとか言っていたけれど、無理してるじゃないか。

「それでいいんだな？」

少し怖い思いをすれば本音が出るだろう。そう考え、強引に抱き寄せた。手早くボタンを三つ外し、中に手を突っ込む。浴室で感じた通り、けっこう大きな感触に指が埋もれた。

「うっ……！」

一瞬、ライオネルが拒絶の動きを見せる。そのまま突き飛ばしてくれれば作戦成功だ。

そう思ったのに、彼女は弱々しく手を下ろした。唇を引き結んでされるがままになる。

何、これ？　すごくエロいんですけど。

これが脅迫ものの醍醐味《だいごみ》だというのかっ？　背徳感が凄《すご》すぎるぞ！

などと余計なことを考えて何とか理性を保とうとしたのだが、ものの数秒で瓦解《がかい》した。

もういいや。それで本人が納得するのなら、エロオヤジにでも何でもなってやるよ。

「ライオネル……いや、イオネラ」

顎《あご》をつまみ、無理やりこっちを向かせる。

震える彼女の唇を強引に塞《ふさ》いだ。

そのままベッドに押し倒す。

何が起きたのか分からないという目をしているイオネラの口内に舌をねじ込み、容赦《ようしゃ》なく蹂躙《じゅうりん》した。困惑と動揺《どうよう》でされるがままの彼女をむさぼり、啜《すす》る。舌を絡めると意外にも素直に受け入れてきた。

寝間着のボタンを全《すべ》て外し、胸をはだけさせる。俺は羽織《はお》っていたガウンを脱ぎ去って全裸になった。キスを執拗《しつよう》に続けながら手で包み込むようにして胸を揉《も》む。しっとり汗ばんだ肌が指に吸いつくようだ。固く勃《た》ったピンクの蕾《つぼみ》を中指と薬指の間に挟んで弄《いじ》りつつ、親指と小指は下乳のラインを丹念になで上げる。少しずつ動きを速めてほぐすように揉み込んだ。もう一方の指先で背筋をそっと撫《な》でる。

「!?」

イオネラが身をのけぞらせた。しっかり抱きしめて逃がさない。背筋を撫でながら寝間着を引き下ろしていった。彼女はされるがままで、あっさり上半身が露わになる。

上を脱がせた流れで指を下ろしていき、今度は寝間着のズボンを掴《つか》んだ。微かに強《こわ》ばるのを感じたが、一気に引き下ろす。

膝下までずり下がり、引き締まったお尻が露わになった。

なるほど。寝るとき下着はつけない派らしい。

あえてお尻は撫でずに腰回りを責める。細くしっかりとした体つきだ。脇腹をゆっくり撫で擦り、尾骨の辺りまで指を這《は》わせては背中に戻る。それを幾度か繰り返していると、彼女の方がもじもじと誘うように尻を突き出してきた。

俺は足の指で寝間着を引きずり下ろし、ズボンを完全に脱がせる。

「ん……はっ」

唇を離した。散々、嬲《なぶ》られた彼女の舌と俺の舌の間で唾液《だえき》が糸を引く。すっかり力が抜けてしまったイオネラはベッドに仰向《あおむ》けになり、ハアハアと荒い息を吐いた。

俺を見つめる瞳には情欲の炎が燃え上がっている。

期待と不安の入り交じった視線に引き寄せられるように、胸の谷間に顔を埋めた。今度は両手で十分に堪能《たんのう》し、舌を這わせて突起を吸う。舌先で転がし、弄んだ。

「んっ♪　んっ♪」

懸命に声を堪《こら》える様がたまらなく可愛《かわい》い。身を捩《よじ》って悦楽《えつらく》を逃がそうとしているようだが、その程度で済ますほど甘くはないぞ。

俺は胸をもみしだきながら頭を下げていき、へそに舌を入れた。「んひっ？」と彼女の体が弾む。なかなか良い反応だ。丁寧《ていねい》に責めてみる。

舌先で責め立てるたび、ビクン、ビクンとイオネラの体が弾んだ。どうやら弱点の一つを見つけてしまったらしい。ねっとりとイジメ続けてみた。

「お願いっ……もうっ……！」

苦しそうな声に顔を上げる。頬《ほお》を上気させたイオネラが歯を食いしばって眉根《まゆね》を寄せていた。懸命に何かを堪えている。

もちろん俺の知ったことではない。

更にしつこく責め立てる。両手も緩《ゆる》めたりはしなかった。たっぷりと柔らかな双丘《そうきゅう》をふもとから押し上げるようにして揉む。先端への刺激は頻繁《ひんぱん》に行わず、あくまでアクセント程度に留めた。ぷっくりと膨《ふく》れたところに吸いつく。

「ああっ♪」

丹念に舐め回し、舌で転がす。羞恥《しゅうち》と快楽で混乱しているのか、イオネラは顔を真っ赤にしてグスグスと鼻を啜る。そんな彼女の唇を無理やり奪った。従順に舌を差し出してきたので、じっくり絡めて口内を犯し尽くす。

気づいたときには、あれほどぴったり閉じられていた股《また》が大きく開かれていた。

とてもはしたない格好だ。貴族の子弟、いや、令嬢としてあるまじき姿ではないか。

「何て格好をしているんだ、イオネラ。カレスティア伯爵家の者として恥ずかしくないのか」

わざと叱責《しっせき》する。イオネラは顔を覆い隠し、「ごめんなさい」「ごめんなさい」と繰り返した。

しかし蜜壺《みつつぼ》からはとろとろと液体が滴《したた》っていて、サーモンピンクの鮑《あわび》がひくひく蠢《うごめ》いている。

「謝って済む問題じゃないな。これはお仕置きが必要だ」

我ながらエロ本の読み過ぎだと思うような発言が飛び出した。まさか自分が口にすることになろうとは夢にも思ってなかったよ。

グズグズに濡れた鮑の外縁を押し広げ、肌に張りついた茶色の海草を掻き分けて中をまさぐる。まだ狭く奥の方は閉じられていた。中指をゆっくり潜り込ませる。

「んんっ……んんんっ……！」

辛《つら》そうに息を洩《も》らすイオネラ。俺は腰を抱えるようにして、あまり力まないよう調整した。

変に力が入ると彼女自身の痛みが増す。なるべく痛い思いはさせたくなかった。

中指でほぐしていくが、やはり狭くてきつい。まだ体が成熟しきっていないのだ。それでも快楽は十分に得られている。俺は意を決してイオネラに覆い被《かぶ》さった。

「イオネラ、いくよ」

一度、優しくキスをする。

それから反り返った自分自身をねじ込んだ。

「いうっ……？　ううう っ……！」

イオネラがシーツをギュッと掴む。

滴るほど濡れていたのに、やはりきつくて押し返してくる感触があった。

それでも強引に押し込み、突き破る。

彼女が俺の首に腕を回して強くしがみついてきた。

俺も抱きしめる。

根元まで突っ込みきった。

「入った、ぞ」

耳元で囁《ささや》く。彼女の力が少しだけ緩んだ。

「ゴメンな」

頭を撫でながら頰や首筋にキスをする。そのうち彼女の方から唇を重ねてきた。しばらく舌を絡め合った後、見つめ合って微笑《ほほえ》む。

「村長……約束は、守ってもらうからなっ」

どこか扇情《せんじょう》的な眼差《まなざ》しでイオネラが囁いた。

「もちろんだ。いつでも君の力になるよ」

「オレも……お前のためならっ……。あ、その！　村人だからっ。オレもムラノ村の村人だから、村長のために……何でもするっ」

耳まで赤くしてそっぽを向く。可愛いなあ。

「な、なあっ……。これ、その、まだ、続くんだよなっ？」

一瞬、彼女が何を言っているのか分からなかった。

自分たちの状態を指しているのだと気づき、ニヤリとする。

「むしろ、ここからが本番だぞ」

「そ、そうなんだっ」

素っ気なく返したが、イオネラの頬がほんの少し緩んだのを俺は見逃さなかった。

「ゆっくり動くからな」

そう囁いて少しずつ腰を動かす。十分、濡れているけれど、中はまだ馴染《なじ》みきっていないようで擦るような感覚があった。「んっ」と彼女が眉を顰《ひそ》めるたび、動きを止めてしまう。

「いいっ……。村長、好きに……して、いいからっ」

少し涙目になっているのに強がるイオネラを見つめた。頭を撫でる。サラサラと長い茶髪がベッドに大きく広がっていた。

まだ湿り気を帯びたそれらを指で梳《す》くように撫でつける。

「俺は好きなようにしてるよ」

「だったら、もっと……」

「君を大切にしたいんだ」

指を滑らせて、彼女の頬を撫でた。

緑の瞳が大きく見開かれる。

それから、口をキュッと引き結んでそっぽを向いてしまった。

「イオネラ？」

「ち、違うっ……！　そんなこと言われたの、初めてだったからっ……」

先程とは違う雰囲気《ふんいき》で頬を染めるイオネラに少し安堵《あんど》する。ああ、ようやく年相応の顔が見られた気がするよ。

「本当に可愛いな」

つい笑ってしまった。彼女が「バカッ」と慌てたように叫ぶ。

お、イイ感じに力が抜けてきたな。

そっと動かしてみると、滑りも良くなっていた。少しずつ動きを大きくしていく。思いの外、馴染みが良い。さっきまで辛そうだったイオネラも、頬を上気させて身を委《ゆだ》ねている。時折、「んっ♪」とか「あっ♪」とか声を洩らすようになった。

汗ばんだ太股《ふともも》に手を伸ばし、抱え上げるようにして更に奥まで繋《つな》がる。

「あうっ♪」

体を少し傾かせたのが良かったようだ。俺自身も今までとは違う感触に包み込まれる。細かい粒々で首のところを幾度もねぶられ、一気に高まった。

「んんんっ♪　んんんんんっ♪」

必死に口を噤《つぐ》んで声を我慢しているけれど、イオネラの敏感なところに当たっているのは間違いない。まさか初めてでピンポイントに届くとは、俺も彼女も運が良いな。

ここは焦らず騒がず、落ち着いていこう。

リズミカルに腰を振りながら、見出《みいだ》したポイントを的確に突く。片足だけ抱え上げて密着度を上げると、イオネラが「ひぎいいいっ♪」とぶるぶる身を震えさせた。

「何でっ……？　何でぇっ……!?」

未知の快感に頭が追いついていないのだろう。ふと下を見るとシーツがうっすら赤く染まっていた。ポタポタ垂れている雫《しずく》も薄紅《うすべに》色だ。

俺は軽く首を振った。あまり彼女に無理をさせてはいけない。

一度、深呼吸をする。イオネラの甘い香りが胸一杯に広がった。

「イオネラ」

優しく抱き寄せ、口づける。

「そんちょぉっ」

トロトロに蕩《とろ》けた彼女を強く抱いた。

そして思い切り動く。

不意を衝《つ》かれたらしく、イオネラはあえなく嬌声《きょうせい》を上げた。俺はお構いなしに責め立てる。

ただひたすらに快楽をむさぼり、一気に上り詰めていった。

絶頂に至り、全《すべ》て出し切る。

引き抜くと彼女の脇に倒れ込んだ。

息が荒い。

しばらく二人の呼吸しか聞こえなかった。

心地よい疲れに身を委ねていると瞼《まぶた》が重くなってくる。

「ん？」

眠りに落ちかけたとき、柔らかく温かな感触がくっついてきた。

イオネラが俯いたまま身を寄せてくる。

「村長って……すごいんだね」

そう囁いて、俺に抱きついた。

俺は彼女に腕枕をしてやり、汗ばんだ背中をゆったり撫でた。

第八章　ようやく私の出番ね！

翌日からライオネルは少しだけ雰囲気《ふんいき》が柔らかくなった。

まだ堅苦しいところもあるが、村人たちと幾らか喋《しゃべ》るようになったし、俺の監視も直立不動でなくなった。彼女の甲冑《かっちゅう》はやはり女であることを隠すための意味合いがあったらしい。道理で魔力付与された高級品を着ていたわけだ。

「なあ、村長……。今夜だけど……」

そんな彼女は時折、相談があると言って夜中、部屋に来るよう俺に言う。

「秘密を守るためだから」「これは仕方なくだ」と言い訳しながら色々やってくれるものだから俺もついついベッドの上で相談に乗ってしまう。これで誰にもばれていないのだから、ある意味、すごいよ。

ムラノ村は順調に発展している。少し前に結婚ラッシュがあったので、一年経つ頃には出産ラッシュが訪れそうだ。着実に人口は増えるだろう。

「村長の仕事もそろそろ誰かに任せて、俺は本格的に悠々《ゆうゆう》自適《じてき》の生活に入るかねえ」

教会前の広場を散歩しながら呑気《のんき》にそんなことを口にしたときだった。

「大変じゃああああああああああああああ……！　この世の……終わりなんじゃああああああああああああああああああああああ……‼」

ドナルド神父が大声で叫びながら広場に駆け込んできた。そういえば神父は数日前、教会の地区本部で行われる集会に出席すると言って出かけていたんだった。

帰ってくるなり、また大げさに騒いでいるなあ。もはや芸風になってるよ。

周りの村人たちも奇怪な動きで走り回る神父のことは気にも留めない。もちろん神様への信仰心はあるし、教会でのミサには参加しているけれど、実生活において神父を頼る者はほとんどいないのが現状だ。

「そんちょおおおおおおおおおおっ……！　そんちょう、聞いていただきますぞおおおおおおおおおおお……！」

そんな神父にロックオンされた。俺は回れ右をして逃げようとしたが、尋常《じんじょう》でない素早さを見せたドナルド神父に回り込まれてしまった。何、今の動き？　曲がっちゃいけない方向に手足が曲がってなかった？

「そんちょおおおっ……。そんちょおおおおおおっ……。この世の、いいや、この村の、終焉《しゅうえん》の鐘が鳴り響きますのじゃあああああ……！」

俺の肩を掴《つか》み、ゾンビみたいな顔と動きですがりつく。この人、本当に何かに取り憑《つ》かれてないか？　誰かエクソシストを呼んでくれ。

「分かったよ。話を聞こう」

俺は呻《うめ》き続ける神父を引きずるようにして村の集会場に向かった。

そこで予想外に深刻な話を聞かされる。

急いで村の主立った者に集合をかけ、もう一度、神父に話をしてもらった。

「司教猊下《げいか》が、ムラノ村を異端者の巣くう『悪魔の村』と宣告されたのじゃ……」

「『悪魔の村』だって⁉　ふざけんなよっ」

ディエゴがいつになく焦った様子で叫ぶ。他の者たちも口々に「冗談じゃない」「何かの間違いだ」と騒いだ。一人、ハビエルだけがゲラゲラ笑っている。

「とうとう教会に目をつけられちまったみてぇだな、村長。連中、本気でこの村を潰して乗っ取るつもりだぜ」

俺を見て愉快そうに口の端をつり上げる。髭面《ひげづら》スキンヘッドの目に残忍な光が宿った。

「久し振りに疼《うず》くなあ。クソ聖職者どもの頭をかち割ってやるよ！」

「待て。すぐに戦おうとするな」

そう制したものの、他の村人たちも今まで見たことないほど殺気立っている。これはかなり危険な状況だぞ。「悪魔の村」と司教に言われたら、どうなるっていうんだ？

「村長、今回ばかりは戦うしかないと思うな」

アウラが緊張した面持《おもも》ちで言った。俺は目で続きを促す。

「王都にいた頃、教会が『悪魔の村』だと宣告した村の末路を見たことがあるよ。そこの領主が軍隊を送り込んで村を全て焼き払って村人たちは皆殺し。村長と、『悪魔の村』宣告を受けるきっかけになった『魔女』が処刑台に磔《はりつけ》にされて観衆から石を投げつけられたあげく、火あぶりにされたんだ……」

言葉を失った。

中世の魔女裁判そのものじゃないか。

何で俺たちの村が……。

そこでハッとする。

どうやら俺も第二の人生が快適過ぎて、なまっていたようだ。

クソ野郎どもの考えることはすぐに察しがつく。

俺は神父を見た。

「さっきは詳しく聞かなかったが、司教様はどんな理由で、うちを『悪魔の村』と決めつけたんだ？」

「幾つかあるそうですぞ……」

そう言って神父は懐《ふところ》から一枚の紙を取り出す。それをテーブルに広げた。

宣告書と表題がついている。そして理由が列挙されていた。

一．悪魔の技を使う異形《いぎょう》の者を村内で飼っている
二．悪魔と契約して村を不当に急成長させている
三．悪魔の力と、それに取り憑かれた者を匿《かくま》っている
四．悪魔の言葉に従い、教会を冒瀆《ぼうとく》している
五．悪魔にそそのかされた村長に支配され、人の心を失っている
六．悪魔の呪いにより周辺の村や町に災《わざわ》いをもたらしている
七．悪魔の集会に夜な夜な参加して神を汚し続けている
八．悪魔の僕《しもべ》と成り下がり、もはや人ではなくなっている

よってムラノ村は「悪魔の村」であるとここに宣告する。村はただちに焼却され、悪魔の力や、その源たる一切は教会の手によって管理・浄化されるものとする。


他にも項目ごとに細かい文字で何だかんだと書き込まれていたが、読む気にならなかった。

ここまで露骨だとは予想以上だ。

「酷《ひど》い言いがかりだな」

「それが教会のやり方だぜ、村長」

ハビエルが鼻を鳴らす。それまで静かに控えていたニンファが宣告書を摘《つま》み上げた。久し振

りに冷たい目をした彼女の横顔を見る。

「悪魔の技を使う異形の者、ですか。私たちのことを指しているのでしょうね」

「三の、悪魔の力に取り憑かれた者って、ボクのことだよね？」

アウラも不機嫌そうに呟《つぶや》いた。

「村長のことを悪く言っているのが一番許せませんわっ。何様ですか⁉」

クシャッと紙を握りつぶす。神父が「ああっ……」と情けない声を出した。

「しかし、どうして司教猊下はこのような無体な言いがかりをオレたちに？　誰か讒言《ざんげん》したものがいるのだろうか？」

ライオネルが純粋な眼差《まなざ》しで疑問を口にする。誇り高き伯爵家の嫡男《ちゃくなん》には、聖職者がゲスなことを考えるなど想像もつかないんだろう。

「讒言といえば、この村の状況をつぶさに報告した者がいるんだろうな」

俺はドナルド神父を見る。全員がそれに倣《なら》った。神父が「ひいっ」と悲鳴を上げる。

「待つのです……！　確かに定例の報告会はあります。そこで村の実情を訴え、救いを求める者たちの声を届けることは崇高《すうこう》なる私たちの使命であって――」

「言い訳はいらん。本筋だけ話せ」

「私ではありませぬぅっ！　信じて下されぇっ！　私だって、現状をありのまま報告したら教会本部から目をつけられることくらい予想できますぞ！　ですから、そこそこ嘘を織り交ぜて、まあまあの成長をしていると報告しておりました！」

なるほど。蛇《じゃ》の道は蛇《へび》というのかな。ドナルド神父だってバカではなかったわけだ。となると、どこから情報が洩《も》れたのかということになるが……。

「そんなの、教会のスパイが村に入り込んだんでしょ」

あっさり言い放ったのは退屈そうに椅子《いす》に座って頬杖《ほおづえ》ついていたミューナだった。

俺に目をやり、人差し指で長方形を描く。

ああ、それもそうだな。

村人の中にスパイがいるとは考え難い。「村長ノート」に全員の名前を記してあるので、俺の命令は絶対だ。うっかり口を滑らせたのならともかく、意識して村の内情を洩らすことはないだろう。そもそも、そんなことをしても得をしない。

「近頃、村を訪れる行商人も増えたからなあ。その中の誰かが教会と繋《つな》がっていたとしても見分けることなんて出来なかっただろうし……」

「こんだけ発展してんだ。隠し通すなんてどだい無理な話だったんだよ。そんなことより村長、こりゃ生きるか死ぬかって事態だぜ」

ハビエルが目をぎらつかせる。

「この辺りを治めているのはペラエス伯爵です。伯爵の軍となると千に達するのでは」

エミリオが怯えた声で呟いた。こっちの戦力はせいぜい百程度。十倍ってところか。

「その程度、ものの数ではありません。悪魔の技を使う異形の者を怒らせるとどうなるか、思い知らせて差し上げます」

ニンファが黒いオーラを立ち上らせている。闇オチしそうで怖い。

「なりませぬ！　それはなりませぬぞっ！」

ドナルド神父が血走った目で俺に迫った。

「これは伯爵の軍が何人などといった話ではないのです！　この村は、アローナ教そのものを敵に回してしまったということなのですぞ！　村長！　教会を敵に回すということが、どういうことか理解しておるのですかっ？」

「それは……」

「アローナ教の教会はモートリス王国だけでなく、各国にございます！　その全ての教会および信者が神の名の下にこの村を滅ぼすと言っておるのです！　絶体絶命のピンチどころの騒ぎではありませぬ！　もはや詰んでおるのです！　この村は……終わりなんじゃ……！　終わりなんじゃあああああああ……！」

神父が絶叫し、天を仰《あお》いで崩れ落ちる。爺《じい》さんのマジ泣きは絵面《えづら》としてインパクトが凄《すさ》まじかった。室内の村人たちに、その絶望が伝播《でんぱ》していく。

「教会全てが、敵だなんて……」

「俺たちだって信者なんだぞっ……。そんな酷いこと……」

「でも……もう人でなくなってるって宣告書に……」

「あいつら、俺たちを本気で皆殺しにするつもりなんだよ……」

「今からでも、何とかならないのかなっ……？」

狼狽《うろた》える村人たちを見回し、俺は腕を組んだ。

教会が何をしたいのか。そんなものは考えるまでもない。俺たちが独占することになった魔《ま》硝石《しょうせき》の鉱脈を自分たちの物にしたいんだ。

そのために「悪魔の村」なんて汚名を着せて大義名分を作り上げ、領主に攻め滅ぼさせた上で旨《うま》みだけ全てかっ攫《さら》う算段だろう。権力者がよく使う手だが、世界中に信者がいて貴族や王族だって信者なら教会の権力に逆らえる者などいないからな。

さて、どうするか……。

ぶっちゃけ、解決方法は幾つか浮かんでいる。ただ、そのどれが一番効率的でお互いに被害が少ないか、そして何より二度と教会がケチをつけてこないようにできるのかがまだ見えていない。

「…………」

重苦しい沈黙に包まれる。

ミューナが「ふわあああ」とあくびをした。君のマイペースっぷりがだんだん羨《うらや》ましくなってきたよ。

「伝令！　伝令っす！」

フリオが部屋に飛び込んできた。伝令だと言ったのに、あばばばと動揺《どうよう》しきって言葉にならない。ディエゴがフリオをひっぱたいた。

「何があった？」

「あ！　そ、そうっす！　軍隊がっ……軍隊が山道を登ってきてますっ……！　とにかく、すっげえ数で山道が埋め尽くされてるって……！」

緊張が走る。ペラエス伯爵、動きが早いな。教会にせっつかれたのか？

「様子を見に行こう」

俺は急いで正門の見張り台に走った。他にもぞろぞろついてくる。見張り台ではアドリアンが険しい表情で立っていた。窓から見下ろすと、小さな人影が行進している。

「あの調子だと昼にはここに着くな」

「恐らく、周りに別働隊を出して村全体を包囲しにかかると思います」

アドリアンがぼそりと言った。彼が指差す先を見ると、確かに本隊とは少し離れたところを進んでいる部隊もチラホラ目に留まる。

「包囲して、一斉に攻め潰すつもりなんだろうな」

「でしょうね。どうします？」

そう言うアドリアンの目には闘志が漲《みなぎ》っていた。彼はまだ、あれが教会の差し金だということを知らない。以前のような一部隊に過ぎないと考えているから応戦する気満々なんだ。

「村長、こりゃやるしかねえって」

ハビエルが巨体を押し込むようにして見張り台に上ってきた。獲物を見つけた肉食獣のような顔で剣呑《けんのん》に笑う。こういう無鉄砲さもときには重要だが、こいつは後先考えず突っ込んで討《う》ち死にしても本望とか言いそうだからな。

「無駄だとは思うが、まずは話し合いからだ」

「ぬるいこと言ってんじゃねえよ。奴らは俺らを殺しに来てる。先手を打つのが一番だぜ！」

「ダメだ。そんなことをしたら『悪魔の村』だって認めることになるぞ。ここで一度勝ったとしてもジリ貧になるのは目に見えてる」

「チッ……！　つまんねえなあ……」

舌打ちするハビエルと一緒に見張り台を降りた。村中に人を走らせて年寄りや子どもを避難させる。ニンファが側に寄ってきた。

「私たちは村長のご命令があればいつでも動けます」

「ありがとう。でも、出番がないことを祈っていてくれ」

そう返す。彼女は静かに一礼した。

「開門！　かいもおおおおおおおおん！」

偉そうに隊長らしき男が叫ぶ。馬に乗っているけれど、あの山道を馬で上がってきたのか。そっちの方が大変だっただろうに。

「貴様らは完全に包囲されている！　大人しく神の裁きを受けよ！」

伯爵の軍隊は昼過ぎに村の正門に辿《たど》り着いた。見張り台から様子を窺《うかが》う。馬上の男が延々と罪状とやらを捲《まく》し立てているが、どうでもいいので聞き流した。

それより異様なのは、昼間だというのに兵士たちが松明《たいまつ》を手にしているところだ。抵抗しなければ命までは取らないとか何とか言ってるが、あれって焼き討ちする気満々だよな。

俺はハッとして隣を見た。アウラが真っ青な顔をしている。

「アウラ、下がっていろ」

肩を抱いて窓から離れさせた。

「村長！　やっちまおうぜ！」

ディエゴたちは殺気立っている。向こうの出方次第だが、まずは村長として挨拶《あいさつ》する必要がある。見張り台から村を囲う壁の上に出られるので、そちらに向かった。数人の男たちとともに外に出る。壁から軍隊を見下ろした。

「やっぱり、けっこういるな」

山道はもちろん、森のあちこちにも兵士の姿がある。そしてどの部隊も松明を掲《かか》げてスタンバイしていた。

「俺がこの村の村長、オサフネだ」

下で騒ぎ続けている隊長に声を掛ける。相手はキョロキョロと辺りを見回し、部下の一人にこっちを指差されてようやく俺を見つけた。

「貴様ぁ！　平民の分際で俺様を見下ろすなど、無礼であろうが！」

いきなりそれかよ……。まともに話を聞いてくれそうな相手じゃないな。

更にあれこれ罵声《ばせい》を投げつけてくる。一区切りするまで待ってみたがいつまで経っても終わらなかった。周りの兵士たちも煽《あお》り、下品な罵声のオンパレードだ。こんなのが正規兵で大丈夫なのか、ペラエス伯爵？

どうしたものかと考えているうちに、状況が急変した。

「敵襲！　敵襲うううう！」

山道を兵士が一人駆け上がってくる。騒ぎ立てていた兵士たちが硬直した。馬がいななき、隊長が落馬しそうになって周りの兵士たちに支えられる。

「何ごとだぁっ？」

「背後をっ……強襲されましたぁ！　トレントの軍隊です！」

「トレントだとっ？　隣国の兵が何故!?　ええい、反撃だ！　反撃ぃっ！」

慌てて命令するが、予期せぬ相手からの襲撃で浮き足立った兵たちは統率《とうそつ》を欠いていた。あまりにも無様に崩れていき、とうとう潰走《かいそう》する。本隊の異変に気づいた別働隊も散り散りに逃げていった。

「何が、どうなってんだ……？」

ハビエルがぼやく。

俺は唸《うな》ってしまった。

早い。早すぎるくらいだ。こんなに早くトレント王が動くなんて。

ペラエス伯爵の軍を追い払った兵士たちが正門に集まってきた。その旗印を見て「あっ！」と声が出る。カレスティア辺境伯の戦旗だ。

「村長！　あれは父上の兵だ！　オレは何も連絡していないのに、どうしてっ？」

ライオネルが上がってきた。少し興奮している。身を乗り出し、「カルラ！」と叫んだ。銀の甲冑《かっちゅう》に身を包んだ人物が兜《かぶと》の面《おもて》を上げる。

「お久しぶりです、ライオネル様！」

そう言って俺たちを見上げたのは、凜々《りり》しい顔立ちの美女だった。


「つまり、伯爵様はずっとうちの村と周りの様子を観察なされていたわけですね」

俺はトレント軍の隊長を村の集会所に迎え入れて話を聞いた。

「はい。国王陛下がムラノ村を庇護《ひご》し、特別扱いするのには何か重大な理由があるとお考えになり、嫡男《ちゃくなん》であらせられるライオネル様を送り込んだだけでなく、周辺の監視を私にお命じになりました」

　さすがは辺境伯。深読みしすぎてるところもあるが、抜かりないなあ。

「教会が裏で動いているのを察知しまして、王都に急報を。陛下は、ただちに救援に向かい、何としてもムラノ村を守れと仰《おっしゃ》ったのです」

　隊長はきびきびと答えてくれる。彼女の名前はカルラ・サンタマリア。辺境伯の側近の令嬢でありながら騎士でもあるというトレンドでも珍しい存在だそうだ。黒髪ポニーテールに赤茶の瞳が凛々しく美しい。

　女騎士の格好良さと色気が相まって、真っ直ぐ見つめられると圧倒されそうだ。周りの男たちは分かりやすく鼻の下を伸ばしている。お前ら、下手《へた》したら叩っ斬《き》られるぞ。

「陛下は、アローナ教会と事を構えても良いとお考えなのか？」

　ライオネルがカルラに尋ねた。彼女は目礼して答える。

「王都の教会におられるサモラ司教は賛同されているそうです。どうやら騒いでいるのはモートリス王国内の教会を取り仕切っているパドロ司教だけのようですね」

「なるほど。教会内でも派閥《はばつ》争いがあるわけだ」

　苦笑してしまう。どこの業界も大して変わらないな。

　恐らくサモラ司教はパドロ司教が魔硝石の鉱脈を手に入れて権力を強めるのが気に入らないのだろう。手を組んで潰しにこなかったということは、恐らく司教同士は仲が悪い。

「サモラ司教は、ムラノ村に対する『悪魔の村』宣告を取り下げるよう陛下に働きかけております。じきに正式な抗議文がトレント王国からモートリス王国へと発されることでしょう」

オオオッと村人たちが歓声を上げる。その中にはかなりの割合で、安堵《あんど》の色があった。

だが、俺はとうてい安心できなかった。

「トレントからの抗議が通らなかったら、どうなる？」

「そのときは戦争です。トレント王国とモートリス王国で雌雄《しゆう》を決することとなりましょう。私たちは必ず勝利を収めます！」

オオオオオ！

さらに大きな歓声が上がった。

やっぱり、そうなるか。こんな小さな村の利権を巡って国家間の争いにまで発展するとは。しかも、教会は何の痛手も被《こうむ》らないってことだろ。

「……司教と会って、直接、話をつけるしかないな」

俺は決心した。

「村長？」

こっちを見上げるライオネルに「頼みがある」と言う。

「トレント王に、モートリス王との謁見《えっけん》をセッティングしてもらってくれ。もちろんパドロ司教も同席するように」

「村長⁉　そんなの無茶だ！」

「大丈夫。何とかなるよ」

俺は大きく頷《うなず》いた。

「秘策があるんだ」


数日後。俺たちはモートリス王国の王都モストリスで国王ミゲルⅢ世陛下に謁見した。

トレント王は実に手際《てぎわ》良く話を進めてくれたようだ。

カルラ率《ひき》いる一部隊に護衛されて王都に向かったのは俺とニンファ、アウラ、そしてミューナだ。ニンファとアウラはミューナを連れていくと聞いて驚いていたが、ミューナは不敵な笑みを浮かべて俺にやたらとウィンクしてきた。「分かってるわよ」と言わんばかりの行動だったが、あいつ、何か勘違いしてないだろうな。

「お主がムラノ村の村長オサフネであるか」

それはそれとして、うちの王様はかなりの高齢らしく髪も髭《ひげ》も真っ白で長かった。いつ天に召されるか、こっちが心配になるくらいガリガリに痩《や》せている。

「陛下！　悪魔に取り憑《つ》かれた者にお声をかけるなどなりませぬぞ！」

隣で騒いでいるのがパドロ司教だそうだ。でっぷりと太っていて、立っていると膝が痛くなるらしい。王様と同じくらい高価そうな椅子《いす》に座ってやいやい唾《つば》を飛ばしている。

王様はそれを鬱陶《うっとう》しそうに横目で見た。大臣に何か囁《ささや》く。大臣が俺に言った。

「こたびの宣告に対し、申し開きがあるそうだな」

「何が申し開きか！　ムラノ村は焼き滅ぼさねばならんのです！　今すぐ呪われた村人を天に還《かえ》し、かの地は教会の管理下において浄化致します！　衛兵！　その者を捕らえよ！」

パドロがうるさい。ほら、衛兵が困ってるじゃないか。

「オサフネ、どうなのだ？」

王様が俺に声をかける。大臣も「答えよ」と促した。

なるほど。どうやら王様も司教にはうんざりしているようだ。これは助かる。

俺は「はい」と返事をして顔を上げた。

「俺の村には悪魔など潜んでおりません。皆、敬虔《けいけん》なる教会の信徒です」

「嘘を申せ！　お前の背後に控えておるのは異形《いぎょう》の者ではないか！」

パドロが怒鳴る。ゆでだこみたいになってるけど、あれは食いたくないな。

司教の剣幕にニンファがスッと顔を上げた。烈火のごとき怒りを叩きつけそうだったので「待て」と手で制する。振り向くと思い切り睨《にら》まれた。そんな怖い顔しないでくれよ。

「彼女は妖精です。エルフは王都にも住んでいると聞いておりますが」

「まあ、そうだな」

王様がのんびり答えた。司教がギリギリと歯を食いしばる。

「ですが陛下！　あの娘は王都を追放された異端者の娘ですぞ！　悪魔の力を崇拝《すうはい》する悪魔の子にございます！」

今度はアウラを指差した。見た目でいったら、あんたの方が悪魔感あるけどな。

「王都を追放された……。あの学者たちの一人であるか……」

王様が少し悲しそうに呟《つぶや》いた。大臣が耳元で何か囁く。王様の目がハッと見開かれた。

「そうであったか……。パドロ、お主の言う通り学者たちを王宮から追放したが、その後、我が国の学識は衰退するばかりだ。あれは本当に悪魔の力であったのか？」

「そこを疑うなど、もってのほか！　神を冒瀆《ぼうとく》する行いですぞ！　悔《く》い改めなさい！」

司教は王様にもギャンギャン嚙《か》みつく。ただ、アウラを責めてもやぶ蛇だと考えたのだろう。今度は俺を標的にした。

「他の二人はともかく、村長が悪魔に取り憑かれているのは紛《まご》う事なき真実なのです！　敬虔《けいけん》なる神の僕《しもべ》である私には分かります！　あの者は悪魔に魂を売った大罪人！　すでに人ならざる化け物となり、夜な夜な野良猫の生き血を啜《すす》っては民家を襲う野蛮《やばん》で奇怪な極悪人！」

いや、何が何だか分からないんだが。

「それを生かしておけば、必ずや国に災《わざわ》いをもたらしましょう！　今すぐ磔《はりつけ》にして火あぶりです！　焼き殺すのです！　神の炎で浄化するのですううううううう‼」

脂肪《しぼう》でむちむちの両腕を上げ、司教が天を仰《あお》ぐ。

五十肩なのか、顔の少し上くらいまでしか腕が上がっていないけど、どうでもいいな。

俺は論理も何もない勢いだけの演説を聞き流し、司教に言った。

「パドロ司教。俺が悪魔に取り憑かれていると仰《おつしや》いましたね」

「その通りである！　貴様はすでに悪魔と化し、その罪悪は天を焼き、地を割る――」

「話が進まないんで、ちょっと黙っててもらっていいですか？」

「ぬわんだとぉぉぉっ⁉　陛下！　お聞きになりましたか⁉　やはり私の見立ては間違っていなかった！　この私に黙れと言うなど正に悪魔の所業！　そのような輩《やから》は――」

「パドロ、少し黙っておれ」

王様がバッサリ切り捨てた。俺を手で促してくれたので、一礼して続きを話す。

「俺が悪魔に取り憑かれているのであれば、すでに神からの恩恵を受けられないはずです」

「ホッホー！　ついに認めおったな！　悪魔に取り憑かれておることを――」

「パドロ！」

王様が怒鳴った。おお。けっこう声出るんですね。

さすがの司教も口を噤《つぐ》んだ。俺は改めて続ける。

「ここで俺が神に愛されていることを皆様にお見せできれば、疑いは晴れると考えるのですが、いかがでしょうか？」

「ふむ。それを本当に見せることができると言うのであれば、疑いも晴れような」

王様はすんなり頷いた。ただ、「本当に」のところを強調したあたり、生半可なものでは認めないという意思を感じる。さすがに一国の王様なだけはあるな。

「私も、異論はございません」

大臣が王様に同調する。最後に司教だが、すんごく不満そうな顔で俺を睨んでいた。

「いかがでしょうか、司教」

「貴様ごときが神に愛されているだとぉおおっ？」

どっかのチンピラみたいな口調で言う。このデブ、本当に聖職者か？

「どうやって神に愛されていることを証明するというのだぁ？　私のように地位も名誉もある司教ならばまだしも、貴様のような貧相で何の取り柄もない一平民ごときを神が愛するはずがあるまい。つまらんことを抜かすな三下《さんした》がぁっ！」

ペッと床に唾を吐く。王様、大臣、衛兵までもが顔を顰《しか》めた。

「やれるもんならやってみろ！　ただしぃ、できなかったときは磔の上、火あぶりであるからなあ！　ウヒャヒャヒャヒャヒャヒャヒャヒャ！」

中年デブが白目を剥《む》いて大笑いする。

こいつこそ悪魔が取り憑いてるんじゃないかと思いたくなるほど気持ち悪い。

「ありがとうございます。それでは――」

「ようやく私の出番ね！」

それまで不自然なほど大人しくしていたミューナが颯爽《さっそう》と立ち上がった。

皆の注目を浴びてフフンと鼻高々になる。

ああーっ……。やっぱり、そうなっちゃうよなあ……。

「おい、ミューナ」

「任せて！　バッチリ決めてあげるから！」

パチパチとミューナがウィンクを飛ばしてきた。

「お主は、村長の妹であったか……。おお、美しい娘じゃのう」

王様が好々爺《こうこうや》の表情になる。「ルイスの嫁にどうじゃ？」「ですが、平民です」と大臣とひそひそ話を始めた。顔だけは良いから、この展開は読めていたが。

「聞きなさい、あんたたち！　私は何を隠そう女神アローナの娘ミューナ！　そう！　あんたたちが崇《あが》めるアローナ教の主神である女神アローナの娘なのよ！」

ミューナが王様たちに向かって堂々と言い放った。

「さあ、敬いなさい！　崇め奉《たてまつ》りなさい！　この私が暮らしている村なのよ！　悪魔が住みついてるわけないいじゃない！　そこのオサフネもね、もっと私のことを大切に扱うべきだとは思うんだけど、まあまあ良い奴よ！　とりあえず、私の寵愛《ちょうあい》を受けてもいいかなーって思ってはいるの！　あ！　ちょっと勘違いしないでよね！　別にオサフネのこと愛してるって、そっちの愛じゃないんだから！　あくまで純粋な愛よ！　エッチなのじゃないわよ！」

「…………」

「…………」

「…………」

謁見の間に静寂が訪れた。

ですよねー。

そうなりますよねー。あいつはいい加減学んでくれないかなあ。女神の娘なんて言っても、誰も信じるわけないいんだって。

「衛兵、その者を捕らえよ」

非情にも王様が命令を下した。すぐさま衛兵が駆けつけ、ミューナを拘束《こうそく》する。

「何でええええええええええええええ!?　何で誰も信じないのよおおおおおおおおお!?　ここってそういう展開のところでしょおおおおおおおお!?　今までポンコツだの何だの散々なこと言われて酷《ひど》い目に遭《あ》わされて、でも、一番重要なところで大活躍して好感度爆上げのクライマックスイベントでしょおおおおおお!?　何でこうなるのよおおおおおっ……」

ポンコツ女神見習いが絶叫した。うわ、マジ泣きしてるよ。

「ミューナ、少しは人の話を聞け」

「なによぉっ……。オサフネのバカあああああああああああ……！　ロリコン！　変態！　何で私を王都に連れてきたのよおおおおおおお……」

「こないだトレントの王都に行ったとき、お土産《みやげ》がどうのこうのとうるさかったから」

「そんな理由うううううっ……？　そんなのあるうううううううっ……？」

あまりに激しく泣きじゃくるので衛兵たちの方が申し訳なさそうに力を緩《ゆる》めている。俺に助けを求める視線を向けないでくれませんか。

「グヒャヒャヒャヒャヒャヒャヒャヒャヒャヒャヒャヒャヒャ！　ブヒャヒャヒャヒャヒャヒャヒャ！　ウヒーッヒッヒッヒ！　ご覧なさい、陛下！　あれが悪魔に取り憑かれた者どもの末路ですぞぉ！」

司教が腹を抱えて笑い転げる。というか、本当に椅子から転げ落ちそうだ。

「ふむ。これはどういうことだ、オサフネよ」

王様が冷静な目で俺を見る。

「失礼致しました。あれはちょっとした病気なんです。気にしないで下さい」

俺は深く頭を下げた。心配そうな視線に背後を見るとニンファとアウラが揃《そろ》って眉《まゆ》をハの字にしている。彼女たちに微笑《ほほえ》み、俺は真っ直ぐに立った。

「それでは、俺が神に愛されている証明として、女神アローナ様にご降臨《こうりん》いただきます」

「「「何だと⁉」」」

王様、大臣、司教の声が綺麗《きれい》にハモった。

「俺が呼べば女神アローナ様は降臨して下さいます」

「バカなこと言ってんじゃないわよ、オサフネ！」

真っ先に非難の声を上げたのはミューナだった。

「いくら転生させたからって、ママはそこまであんたを優遇したりしないわよ！　むしろ、転生させた時点でママの仕事は終わりなの！　あとは、あんたもこの世界の人間の一人に過ぎないの！　あんたが呼んだところでママが来てくれるわけないでしょ！」

さすがにポンコツ女神見習いでも、そのくらいの常識はわきまえているようだ。

俺は彼女を振り向き、ニヤリと笑った。

「安心しろ、ミューナ。君のママはちゃんと来てくれるよ」

それから天を見上げる。

別に気合いを入れることもないだろう。普通に呼ぼう。

「村長命令だ。アローナ、降臨しろ」

再び静寂が訪れる。

ただし、今度の静寂はさっきとは質が違う。

皆が固唾《かたず》を呑《の》んで事の成り行きを見守る。そんな静寂だ。

そうして、数分。

「……何も起きぬようだな」

王様が呟いた。

たちまち皆が脱力する。そしてまた司教のバカ笑いが響き渡った。

「ちょちょちょちょっとオサフネ⁉　何なのっ？　バカなのっ？　一体、何でいけると思ったのよ⁉　まさか主人公補正期待しちゃったの⁉　ピンチのときに主人公が新たな力に目覚める的な中二病発病しちゃったの⁉　えっ、ここで？　このタイミングでそれ⁉　二十九にもなって、それなの⁉　プークスクス。恥ずかしーっ。まさかの主人公補正狙いとか恥ずかしーっ。ハイハイ、チート無双《むそう》乙《おつ》ｗ」

いつの間にか拘束から抜け出していたミューナが俺の顔を覗き込んで楽しく話しかけてきた。ポンポンと肩を叩く。君は本当にブレないな。

「さて、それでは磔の準備を――」

司教が口を開いた瞬間、天から光が差した。

「ごめんなさ～い！　着替えに手間取っちゃって。だって、人前に出ると思ってなかったから部屋着だったんですよ～。それにちょっと汗臭《あせくさ》いかなーって思って。シャワー浴びてきちゃいました」

てへぺろ、と舌を出す女神アローナ。

そう。女神アローナが俺たちの前に降臨した。

「何でえええええええええええええええええええええ⁉」

ミューナが誰よりも大きな声で叫ぶ。

他の人々は目を剝《む》いて固まっていた。

俺は軽く手を振り、「村長ノート」を開いてミューナに見せてやる。

「アローナ様の名前も書いておいたんだよ」

「いつっ？」

「一番初めに」

ノートの村人の欄《らん》。

その一番初めにアローナ。二番目にミューナと書き込んである。

「お前より先にアローナ様の名前を書くに決まってるだろ。自分の名前を書かれていた時点で気づけよ」

「何よそれえええええええええええええええ!?　何で私よりママの方が先なのよぉ!?」

気にするところ、そこ？

「オサフネのバカ！　変態！　ロリコン！　年増《としま》好き！」

「あらあら～。誰が年増ですって？」

アローナ様が瞬時にミューナの腕を極《き》めた。相変わらず、見事な腕前だ。

「痛い痛い痛い！　ママやめてっ……。そっち曲がらないから！　腕って、そっちには曲がらないようにできてるからぁっ……！」

バシバシと母親の腕を叩くが、ミューナは解放されない。うふふふと笑顔で娘に関節技を極め続ける女神様、怖い。

「というわけで女神アローナ様に降臨していただいたんですが、これだと本物かどうか分からないでしょうから、何か一つ神の奇跡的なものを……あれ？」

俺は我が目を疑った。

「おおおおっ！　アローナ様！」

「ありがたやありがたやありがたやありがたや……」

「感動で涙が止まりません！　何と麗《うるわ》しいお姿なのでしょうか！」

王様も大臣も司教でさえも、皆、跪《ひざまず》いて祈りを捧げている。おまけに滂沱《ぼうだ》の涙を流して感動していた。

「あ、皆さん……。分かっていただけてる感じですか？」

俺は恐る恐る尋ねてみた。

「当たり前だよ！　村長すごすぎるよ！　何で女神様に愛されてるのっ？」

「さすが私の村長！　アローナ様まで魅了なさるだなんてっ」

アウラが感嘆《かんたん》の声を上げ、ニンファは恍惚《こうこつ》の表情で見つめてくる。彼女たちも涙を流して祈りを捧げていた。本物の神様、パねえ。

「何よそれっ？　私のときと態度違い過ぎないっ？」

腕を折られずに済んだミューナが肘を擦りつつ皆に抗議する。ただちに衛兵に押さえ込まれ、無理やり跪かされた。

「何でよおおおおおおおおっ？　私、本当に娘なのにいいいいいいいいいっ？　何でママに跪いて祈りを捧げないといけないのよおおおおおおお⁉」

「あらあら、ミューナったら♪　いつもそのくらい私を敬《うやま》って良いのよ」

「もーっ、ママのイジワルーー！　オサフネも何とか言いなさいよぉ！」

「パドロ司教、ムラノ村が『悪魔の村』だっていう宣告は取り消してくれますよね？」

　俺はミューナの訴えをスルーして司教を見た。完全にひれ伏しているので巨大な肉まんみたいになっている。まったく食欲湧かないけど。

「もちろんでございます！　ムラノ村は神に祝福されし奇跡の村！　断じて悪魔など住みついておりませぬ！」

「誤解が解けて良かったです。それじゃ、俺たちはこれで」

　一件落着だ。そう思って踵《きびす》を返す。

「ちょっと待って下さい、村長さん」

　アローナ様に腕を取られる。あれ？　俺も関節技極められる流れかな？

「私が降臨したくらいで『神に愛されている』なんて証明にはなりませんよ。もっと、このくらいしないと」

　そう言うや否《いな》や、アローナ様に唇を奪われた。ぬるりと舌が入り込んでくる。熱烈な責めに体が痺《しび》れた。俺は彼女を抱きしめて反撃を試みる。

「なななななななな何してんのよおおおおおおおおおおおおおお!?」

ミューナにぽかぽか殴《なぐ》られるが、そんなこと気にしている余裕などない。

アローナ様の舌技は正に神業《かみわざ》だったんだ。

圧倒的な力量差で蹂躙《じゅうりん》される。翻弄《ほんろう》され、吸い取られ、呑《の》み込まされ、弄《いじ》られ、弄《もてあそ》ばれる。

ようやく解放されたときには足に力が入らず、自然と跪いてしまった。

「ああ、若い子ってイイわあ」

アローナ様は俺の頭をギュッと胸に抱きしめる。はち切れんばかりに膨《ふく》らんだ偉人な優しさに包まれ、俺は女神様の奇跡を体感した。

「ちょっとママ！　離れてよっ。もーっ、このエロフネ！　変態！　年増好き！」

ミューナがちょっと涙目になっている。何で悔《くや》しそうな顔してるんだ？

「もういいでしょ、ママ！　用事は済んだんだから、天界に帰ってよ！」

「あらあら、冷たいこと言わないでミューナ。村長さんに呼びつけられて、用が済んださっさと帰れだなんて、そんな都合の良い女扱いなんて寂しいわ……」

「変な言い方しないで！　ほら、オサフネ！　村長命令！　さっさとママを帰らせて！」

「村長さん、私だって村人なんだから、ムラノ村で暮らす権利がありますよね？　しばらく、こっちで娘と仲良く暮らしたいんです」

「神様の仕事は、良いんですか？」

念のため聞いてみる。アローナ様はにこやかに微笑《ほほえ》んだ。

「有休を取れば良いだけですから」

まともに有休が取れる職場って素晴らしいな。


それからどうなったかというと。

「村長、朝ですよ。起きて下さい」

ムラノ村に対する「悪魔の村」宣告は取り消され、代わりに「神に愛された村」認定を受けた。女神アローナ様に特別に愛されている男が村長をしているという噂《うわさ》がモートリス国内だけでなく周辺の国々にまで広まり、参拝に村を訪れる者まで出る有様だ。

「あれぇ？　ここはもう起きてるみたいだよ。昨日、あんなにしたのに」

村の発展は著《いちじる》しいけれど、どんどん拡大しようと騒ぐディエゴたちを抑えてほどほどの生活を推奨《すいしょう》している。教会との一悶着《ひともんちゃく》が良い教訓になってくれた。今のところ、大半の村人は平穏な日々に満足している。

「ちょっとエロフネ！　何で私だけ……もーっ！　私の相手もしなさいよぉっ」

いまだに村長の仕事を抱えたままだが、幾らか分担もできたので少しずつ減らしていこうと思う。早く自由になりたいものだ。

「あらあら、村長さんったら♪　私のおっぱい、そんなに気に入りました？」

あとは、この……。

「お前たち！　毎朝毎朝、村長の寝室でいかがわしい行為に耽《ふけ》るな！　けしからん行為はオレが取り締まるからな！」

「そんなこと言って、ライオネルだって夜中に村長を部屋に連れ込んでるじゃないか。ボク、知ってるんだからね！」

「んぬっ？　そ、それはっ……」

「まあ！　村長はそちらもいける方だったのですね。何て器《うつわ》の大きな方っ♪」

「ママ！　それ不倫《ふりん》だから！　パパに言いつけるわよっ」

「あのひとだって他の女に産ませまくってるんだから、私だって一人くらいいいじゃない」

「ダメー！　とにかく、ダメなんだからーっ」

朝から騒がしいミューナたちとのアレコレを何とかしないといけないなあ……。

そう思いながら、俺は目に留まった相手を抱き寄せる。

「あっ♪」

「おはよう」

朝の挨拶《あいさつ》をして首筋にキスをした。

さあ、のんびり田舎《いなか》ライフ目指して、今日も頑張ろう。


（了）

あとがき

初めましての方、初めまして。そうでない方、こんにちは。櫂末高彰《かいまたかあき》です。

ごろごろだらだら生きていきたい！（願望）

というわけで、謝辞《しゃじ》を。

可愛《かわい》らしさとエロさの共存する女の子たちが最高です！　イラストの笹井《ささい》さじ先生。ありがとう、ありがとう。原稿を気長に待って下さった担当編集さん。ありがとう、ありがとう。少しだけ増えた友人知人に親類縁者。ありがとう、ありがとう。この本に携《たずさ》わってくれた全《すべ》ての方々。ありがとう、ありがとう。

そして読者の皆様。ありがとう、ありがとう。


それでは、ご縁がありましたら、またお会いしましょう。

二〇一九年　六月　櫂末高彰

ダッシュエックス文庫

村長スキルで異世界まったり生活も余裕ですか?
櫂末高彰

2019年7月30日　第1刷発行

★定価はカバーに表示してあります

発行者　鈴木晴彦
発行所　株式会社　集英社
〒101−8050　東京都千代田区一ツ橋2−5−10
03(3230)6229(編集)
03(3230)6393(販売／書店専用) 03(3230)6080(読者係)
印刷所　株式会社美松堂／中央精版印刷株式会社

ISBN978-4-08-631318-6 C0193